www.tredition.de

AF185906

Christine Reichmann & Robert Langer

# WIR ERZÄHLEN

www.tredition.de

© 2017 Christine Reichmann

Verlag: tredition GmbH, Hamburg

ISBN
Paperback:       978-3-7439-6661-1
e-Book:          978-3-7439-6662-8

Druck in Deutschland und weiteren Ländern

Das Werk, einschließlich seiner Teile, ist urheberrechtlich geschützt. Jede Verwertung ist ohne Zustimmung des Verlages und des Autors unzulässig. Dies gilt insbesondere für die elektronische oder sonstige Vervielfältigung, Übersetzung, Verbreitung und öffentliche Zugänglichmachung.

**Herausgeberin**
Christine Reichmann

**Organisation**
Christine Reichmann
Robert Langer

**Einbandentwurf**
tredition GmbH, Hamburg
Christine Reichmann
Robert Langer

**Übersetzung**
Christine Reichmann
Daniel Cazard

**Lektorat**
Christine Reichmann
Robert Langer

**TIERE HABEN UNS
SOVIEL ZU SAGEN.
HÖREN WIR ZU ...**

# INHALT

## VORWORT

Es ist Marc Bekoff, Professor für Ökologie und Verhaltensbiologie an der University of Colorado, der uns mit seinen Büchern „Vom Mitgefühl der Tiere", „Tugend und Leidenschaft im Tierreich" und „Gefühlsleben der Tiere" zu diesem Buch inspiriert hat. Schon als Kind fragte sich Marc Bekoff „Wie fühlt es sich an, ein Fuchs zu sein?" Jahrzehnte später als Professor stellte er die These auf, dass die erlebten Anekdoten von Menschen mit ihren Tieren in die Wissenschaft einfließen sollten.

Recht hat er. Wir müssen nicht zwingend Verhaltensbiologen oder Tierpsychologen sein, um die richtigen Schlüsse aus dem Erlebten mit unseren Tieren zu ziehen. Unser gesunder Menschenverstand, Neugierde, Empathie und die Bereitschaft, Neues zu lernen, sind wichtige Voraussetzungen, um die Botschaften unserer Tiere zu verstehen.

Wir haben schon lange die Idee in uns getragen, mit Menschen, die besondere Anekdoten mit ihren Tieren erlebt haben, ein Buch zu schreiben, um diese Botschaften zu multiplizieren.

Im Laufe des Jahres 2016 legten wir los. Wir führten die ersten Gespräche mit Menschen, von denen wir glaubten, dass sie uns etwas von ihren Tieren und den Erlebnissen mit ihren Tieren mitzuteilen haben. Über 30 potenzielle Autorinnen und Autoren wurden von uns angesprochen. Am Ende hatten 11 Menschen, die mit Tieren zusammenleben, den Mut, Erlebtes niederzuschreiben und damit ein wichtiger Teil dieses Buches zu werden.

Als Anfang 2017 die ersten Anekdoten bei uns eintrafen, zeigte sich schnell, dass wir eine außergewöhnliche Wahl an Autoren getroffen hatten. Ihre Geschichten sind spannend, traurig, humorvoll, überraschend und immer vielsagend. Dabei sind die Autorinnen und Autoren so unterschiedlich wie ihre Geschichten. Sie stehen am Anfang oder in der Mitte ihres Lebens und arbeiten in den unterschiedlichsten Berufen. Eines haben sie alle gemeinsam: Sie schauen und fühlen bei ihren Tieren genau hin.

Wir danken allen Autorinnen und Autoren für ihr Vertrauen und die schöne Zusammenarbeit. Erlebtes zu beschreiben braucht eben auch – neben aller Kreativität – eine gehörige Portion Mut und großen Fleiß.

Unserer Freundin Claudia gebührt ein besonderer Dank, weil sie auch dieses Buch wertschätzend und tatkräftig unterstützt hat.

Christine Reichmann & Robert Langer
im Oktober 2017

# WIR ...

**... sind die Initiative „Mensch Hund und"**, die über Themen rund um Menschenrechte, Naturrechte, Tierrechte und insbesondere rund um Hunde informiert. Dabei haben wir das „und" im Namen unserer Initiative ganz bewusst gewählt. Denn hinter diesem „und" verbergen sich noch viele weitere Themen, die uns genauso wichtig sind.

Wir sind mit unserem Infostand unterwegs, recherchieren und schreiben für unseren Blog und unsere Bücher, entwickeln neue Projekte und setzen diese um. Bei der Umsetzung dieser Projekte arbeiten wir immer wieder mit fantastischen Tierschützern der verschiedensten Tierschutzvereine und -gruppen zusammen.

Einen Großteil unserer Zeit widmen wir der Arbeit mit kleinen und großen Hundegruppen. Zudem beraten wir auf Wunsch Menschen, die mit Hunden zusammenleben. Dabei hat unsere Arbeit immer ein wissenschaftlich belastbares und nachvollziehbares Fundament.

**Christine Reichmann:** Ich bin im Rheinland geboren. Als Politikwissenschaftlerin arbeite ich als Journalistin, Texterin und Autorin unter anderem für Rundfunk, Tageszeitungen, Agenturen und Unternehmen. Meine Hündinnen Emmy und Juli brachten mich dazu, in die Welt der Caniden einzutauchen. Hier liegen mir die Themen Jagd- und Tierschutzhunde, große Hundegruppen, die Bedeutung des

Hundes in unserer Gesellschaft sowie das vegane Leben am Herzen.

**Robert Langer:** Ich bin ebenfalls im Rheinland geboren. Viele Jahre arbeitete ich als Fußballtrainer und Übungsleiter. Schon immer zog mich das klare Wesen von Tieren – insbesondere von Hunden und Wölfen – an. So war es für mich nur logisch, dass ich mit den Jahren Schritt für Schritt den Sport verließ und mich Tieren zuwendete. Als Hundetrainer und Tierrechtler unterstütze ich Tierheime, Tierschutzorganisationen und Tierschutzinitiativen. Meine Schwerpunkte sind große Hundegruppen, Menschen mit Jagd- und/oder Tierschutzhunden, Igel in Not, Pelztierfarmen und das vegane Leben.

## PUBLIKATIONEN

### Dezember 2016

In der Print-Ausgabe der TAZ vom 31. Dezember 2016 kommentierten wir ein Interview des Philosophen und Ethikprofessors Konrad Ott zum Thema „Festessen und Tierrechte", das er der TAZ am 23. Dezember 2016 gab.

*April 2016*

Stimmen zu unserem Buch „Mensch Hund &", das Ende April 2016 im Verlag Tredition erschienen ist.

**„Verstehe meinen Hund nun besser"**
Kundenrezension auf Amazon, 1. Juni 2016

„Ein toller Ratgeber, jetzt verstehe ich meinen Hund besser und konnte bereits viele hilfreiche Tipps umsetzen. Ein schön geschriebener Ratgeber, der sehr empfehlenswert ist. Man merkt, dass die Autoren echte Tierfreunde sind!"

**„Must have für Hundehalter"**
Kundenrezension auf Thalia, 9. Mai 2016

„Ein liebevoll geschriebenes Buch mit viel Humor. Gibt gute Tipps selbst für Hunde erfahrene Menschen, zum immer wieder Nachschlagen. Sehr empfehlenswert!"

*Juni 2011*

**Frohe Botschaften findest du überall**

„Schau ganz genau hin und hör gut zu. Denn dann wirst auch du sie entdecken, die frohen Botschaften. Sie sind überall zu finden und machen jeden Tag noch ein bisschen schöner. Und wenn du diese positiven Botschaften an deine Freunde und an deine Familie weitergibst, verschönerst du auch schnell ihren Tag. […] Und wenn du auf deine ganz eigene Weise alles, was du gut findest, an andere weitergibst, können wir gemeinsam jeden Tag unsere Welt ein kleines bisschen besser machen."

Dieser Text wurde von den Herausgebern Shary Reeves, Jan Hofer und Dieter Kronzucker in ihrem Buch „500 junge Ideen, täglich die Welt zu verbessern" veröffentlicht.

## Dezember 2009

Unsere Geschichte „Lucky Luke" – oder die frohe Botschaft aus dem Wilden Westen" erschien im Buch „Wenn rote Nasen reisen ...", herausgegeben von Carina Mathes. Mit diesem Buch wird die Stiftung HUMOR HILFT HEILEN unterstützt.

## DIE AUTORINNEN UND AUTOREN …

… dieses Buches sind nicht alle professionelle Texterinnen oder Texter. Es sind Autorinnen und Autoren dabei, die beruflich regelmäßig Texte schreiben und/oder in freier Rede vor Menschengruppen stehen. Aber eben auch Autorinnen und Autoren, die in Berufen ihre Frau oder ihren Mann stehen. In Berufen, in denen das Schreiben von Anekdoten nicht zur alltäglichen Herausforderung gehört. Das macht das hier vorliegende Buch umso charmanter.

Unsere Autorinnen und Autoren, die hier zumeist ihr Erstlingswerk veröffentlichen, haben mit viel Herzblut und Mut – aber auch an der ein oder anderen Stelle mit Selbstzweifeln – das Gefühl der erlebten Situation mit Tieren in ihren Texten so wunderschön erlebbar gemacht.

Gerne hätten wir alle Autorinnen und Autoren ausführlich vorgestellt, aber nicht alle wollten einen zu tiefen Blick in ihr Leben zulassen. Dafür haben wir großes Verständnis und respektieren diesen Wunsch.

Eine der Debütantinnen ist die 23 Jahre junge Frau Saskia Poschadel mit ihrer Anekdote über ihren Hund Cooper. Sie ist Notarfachangestellte und lässt mit ihrem Text keinen Zweifel daran, dass Tiere Familienmitglieder sind und dass Familie sich in schweren Stunden empathisch stützen kann.

Die Kauffrau Sonja Dawid ist eine weitere Debütantin. Als „Mehrhundehalterin", wie sie sich selber beschreibt, gibt sie Hunden aus verschiedensten Ländern ein gutes und liebevolles Zuhause. Ihre Anekdote „Gerettet" beschreibt so wunderschön, wie das Übernehmen von Verantwortung Tieren und Menschen helfen kann. Auch den Menschen, die schon jede Hoffnung verloren hatten.

Wir freuen uns sehr, dass wir Melanie Schaumann für unser Buchprojekt gewinnen konnten. Sie ist als Lehrerin und Biologin einer der schreibenden Profis. Ihr in ihrer Anekdote beschriebener Galgo Kajun ist seit vielen Jahren der beste Freund von unserem Pointer Lupo. Und Kajun ist genau so, wie sie erzählt: herzallerliebst, aber auch immer für einen Schabernack zu haben.

Frieda ist die Protagonistin der Premieren-Anekdote, die die Floristin Angelika Schmelzer erlebt und für Sie geschrieben hat.

Schon in unserem ersten Buch „Mensch Hund und" hat Silvia Orlando Akagi höchst interessant die Tierkommunikation erklärt. Umso mehr freuen wir uns, dass sie auch an diesem Buch ihren Anteil hat. Als schreibende Tiertherapeutin gehört auch sie zu den Profis.

Die Sozialarbeiterin Bärbel Ackerschott ist eine herrliche Gesprächspartnerin, die nicht nur zuhören kann, sondern auch etwas mitzuteilen hat. Hier zeigt sie als Debütantin, dass sie darüber hinaus auch höchst unterhaltsam, empathisch und kurzweilig beschreiben kann.

Literarisch wird es beim Englisch schreibenden Autor Daniel Cazard. Bei der Übersetzung seiner Texte und in den damit verbundenen Gesprächen mit ihm wurde zunehmend deutlich, dass dieses Buch beides braucht, die Texte in englischer und deutscher Fassung. So stellen wir sicher, dass von seiner Wortfeinheit und seiner poetisch klingenden Klarheit nichts verloren geht. Daniel Cazard bezeichnet sich und alle Menschen zu Recht als Verwandte aller Tiere. Seine beiden Geschichten sind ein Höhepunkt dieses Buches.

Christine Reichmann & Robert Langer

# KAJUN.

Es war ein Freitagmorgen. Ich hatte erst spät Schule und so nutzte ich die freie Zeit, um mit meinem Hund Kajun, einem Galgo-Rüden, einen Spaziergang am Rhein zu machen. Kajun war damals sechs Jahre alt. Wir hatten ihn mit fünf Monaten aus einer Tötungsstation in Spanien befreit. Wirklich ein traumhaftes Tier, aber seine Not, eventuell nicht genug Futter zu bekommen, ist als Trauma aus dieser Zeit geblieben. Dabei kennen seine Geschicklichkeit und sein Erfindungsreichtum kaum Grenzen und bringen mich gelegentlich an den Rand der Verzweiflung. Schubladen, Türen, Backöfen, ja sogar Taschen mit Reißverschlüssen stellen für ihn keine Hindernisse dar und so habe ich gelernt, alles Fressbare stets kajununzugänglich aufzubewahren.

Zurück zu jenem Freitagmorgen. Als ich mit Kajun an diesem Morgen vom Spaziergang zurückkam, frühstückte ich, packte meine Schultasche und verließ das Haus. Als ich durchs Treppenhaus lief, registrierte ich das kleine Paket auf der Treppe, für welches sich auch schon Kajun bei der Rückkehr vom Spaziergang interessiert hatte. Ich freute mich, dass meine neuen Turnschuhe schon angekommen waren. Da ich jedoch in Eile war, hatte ich keine Zeit, das Paket zu inspizieren, das musste warten.

Ich fuhr zur Schule. Kaum im Lehrerzimmer angekommen, stürmte Frau Hasenkamp, unsere Sekretärin, leicht gestresst ins Lehrerzimmer und meinte, meine Nachbarin hätte angerufen. Ich solle mal dringend bei ihr anrufen, irgendetwas sei mit meinem Hund nicht in Ordnung. Mehr an Informationen hatte Frau Hasenkamp wohl nicht bekommen. Leicht panisch kramte ich nach meinem Handy und rief meine Nachbarin an, die 70 Jahre an der Zahl, mit ihrem Gatten ein Stockwerk unter mir wohnte. Jedoch ohne Erfolg, niemand ging ans Telefon.

Jetzt begann das Gedankenkarussell. Was konnte passiert sein? Vielleicht war Kajun die Treppe von meiner Schlafempore heruntergefallen, hatte sich etwas gebrochen und lag nun wimmernd, bei meinem Sensibelchen wohl eher schreiend, in meiner Wohnung. Vielleicht hatte ich aber auch auf der Arbeitsplatte etwas zu Essen liegen gelassen, er hat es sich klauen wollen und hat sich dabei an einem Messer, was ich nicht weggeräumt hatte, verletzt. Ich hatte die abstrusesten Ideen. Ein Gedanke, und der schien mir tatsächlich am wahrscheinlichsten, war, dass er sich bei unserem heutigen Spaziergang vergiftet haben könnte, da er, wie so häufig, seinen Job als städtischer Staubsauger sehr ernst genommen hatte.

Jetzt fiel mir wieder ein, dass ich eigentlich schon längst Unterricht hatte. Ich hetzte in Richtung Klassenraum der 8c und versuchte, währenddessen nochmal meine Nachbarin zu erreichen. Ohne Erfolg. Na toll, dachte ich, dann soll sie doch bitte auch erreichbar sein, wenn sie schon um Rückruf bittet. Plötzlich ging es mir durch den Kopf, dass sie eventuell nicht zu Hause war, weil sie sich bereits mit meinem Hund auf den Weg zum Tierarzt begeben hatte. Nein, das konnte nicht sein, ich hatte zwar die

Tür nicht abgeschlossen, das tat ich in unserem kleinen Haus mit zwei Wohnparteien nie, aber auch für das bloße Öffnen der Tür hätte sie einen Schlüssel benötigt, den sie jedoch nicht hatte.

Jetzt hatte sich mein Gedankenkarussell so weit hochgeschraubt, dass mir klar wurde, dass ich auf keinen Fall unterrichten konnte, ich musste wissen was los war. Ich drehte auf dem Absatz um, ging zur Schulleitung und bat unter Nennung des wahren Grundes um eine Freistellung für die nächsten zwei Stunden. Sie wurde mir zwar gewährt, aber an dem Gesicht meines Schulleiters konnte ich erkennen, dass er meine Sorge für übertrieben hielt. Er war wohl kein Hundemensch. Komischer Typ! Zuhause angekommen, rannte ich die Treppen hinauf und blieb verdutzt vor meiner Wohnungstür stehen. Meine Tür war mit einem relativ stabilen Seil am Treppengeländer befestigt. In der Wohnung schien es jedoch ruhig zu sein. Hierbei war ich mir jedoch nicht sicher, ob das ein gutes oder ein schlechtes Zeichen war.

Ziemlich nervös schloss ich meine Tür auf, konnte sie aber natürlich durch das gespannte Seil zum Geländer nicht öffnen. Da ich nicht immer – wahrscheinlich wie die meisten Menschen – mit einer Schere ausgerüstet bin, versuchte ich, das Seil mit meinen Zähnen durchzubeißen, was mir nach gefühlten zehn Minuten dann auch gelang. Ich stürzte in die Wohnung und suchte nach Kajun und … fand ihn schlafend auf der Couch. Wie immer, wenn er sehr müde war, stand er nicht auf, um mich zu begrüßen, aber sein Schwänzchen ging aufgeregt hin und her. Ich traute dem Frieden jedoch noch nicht, ging zu ihm, um mich zu vergewissern, dass es ihm gut ging. Es ging ihm gut, wie ich noch erfahren sollte sogar sehr gut.

Jetzt war ich zwar beruhigt, ich merkte jedoch, wie so langsam meine Sorge um Kajun in Ärger bezüglich meiner Nachbarin umschlug. Sie rief bei mir in der Schule an, machte einen riesigen Wind, bat um Rückruf, war dann nicht zu erreichen, nötigte mich damit quasi, während meines Unterrichtes nach Hause zu fahren und was war? Mein Hund lag entspannt auf der Couch und schlief.

Ich wollte gerade nach unten gehen, um zu erfahren, was denn nun gewesen sei, da klingelte es auch schon an der Tür. Vor mir stand meine Nachbarin, in der Hand das Paket von heute Morgen. Ich konnte auf ihrem Gesicht erkennen, dass sie Stress gehabt hatte und ihre Augen blitzten giftig. Um die Situation etwas zu entschärfen, begann ich das Gespräch mit den netten Worten: "Oh, danke, meine Turnschuhe!" Sie schaute mich weiter verärgert an und meinte zickig: "Oh, meine Wurst!"

In dem darauf folgenden Monolog erfuhr ich, dass sie von einer besonderen Freundin ganz besondere und natürlich auch ganz besonders teure Wurst geschickt bekommen hatte, dass es diese in dieser Qualität und mit diesem Geschmack kaum ein zweites Mal gäbe und, dass mein Hund sich in den Hausflur geschlichen hatte, um drei große Würste bis auf einen kleinen nicht nennenswerten Rest zu fressen und dass sie dann meinen Hund einfangen musste (ein kleines Sportprogramm kann auch einer 70jährigen nicht schaden!), um ihn dann zurück in meine Wohnung zu bringen und da sie ja nicht wusste, ob mein Hund nochmal meine Wohnungstür öffnen würde, diese mit einem Seil am Treppengeländer befestigt hatte. Während ihres Monologs, der mit Sicherheit zum Stressabbau und zur Herstellung ihres Seelenfriedens beitrug, ließ ich den Morgen noch einmal Revue passieren. Mir fiel natürlich das Paket ein, an dem Kajun durchaus sehr interessiert gerochen hatte. Ich hatte dem aber keine große Bedeutung beigemessen und so fuhr ich nichts ahnend in die Schule. Als ich die Wohnung verließ, lag er dösend auf der Couch, jetzt wusste ich, dass es wohl kein Dösen war, sondern ein Lauern, ein Lauern auf seine Chance, bis er sich unbehelligt über die Wurst hermachen konnte. Vom zeitlichen Ablauf war mir klar, dass er sich unverzüglich nach meinem Verlassen der Wohnung ans Werk gemacht haben musste.

Nachdem sie ihr Leid der letzten Stunde geklagt hatte und ich mich gefühlt 500 Mal entschuldigt hatte, trennten sich unsere Wege. Ihre Gesichtszüge wirkten nun deutlich entspannter und bei der Verabschiedung konnte ich ein leichtes Schmunzeln in ihrem Gesicht erkennen. Natürlich habe ich den Schaden wieder gutgemacht und schenkte ihr am nächsten Tag ein kleines Apfelsinenbäumchen. An dieses Apfelsinenbäumchen hängte ich in Anlehnung an die Geschichte eine kleine Leberwurst von „Du darfst". Meine Wohnungstür schließe ich seitdem immer ab, wenn mein Verbrecher allein zu Hause ist.

Erlebt und geschrieben von Melanie Schaumann, 42, Lehrerin/Biologin

**LUCKY.**

Wie schon seit einigen Monaten komme ich zum Samstagmorgen-Meeting in das Büro des kleinen Tierheimes, in dem ich ehrenamtlich am Wochenende aushelfe. Wir besprechen kurz die Aufgabenverteilung, juhuu und für mich heißt es schon wieder „Katzenhaus sauber machen". Dabei würde ich doch auch gerne mal bei den Hunden helfen. Naja was soll's, will ja helfen.

Ich schaue noch im Büro umher, während die anderen noch etwas besprechen, da fällt mir ein kleiner Käfig in der Ecke des Büros auf, ein Einwohner lässt sich nicht entdecken, eventuell ein Hamster oder so?

Alles klar, los geht es ins Katzenhaus, Toiletten sauber machen, Wasser auffüllen, Unfälle entsorgen, Deckchen richten, frisches Futter bringen und nach drei Stunden endlich Pause.

Ich esse schnell eine Kleinigkeit, hole mir einen Kaffee und da fällt mir der kleine Käfig im Büro wieder ein. Ich beschließe, noch einmal nachzusehen, wer denn da wohnt. Im Büro treffe ich die Tierheimleitung. Sie berichtet im Vorbeigehen: Das ist Lucky, der ist seit Mittwoch da und Achtung, der beißt.

Ich sitze so vor dem Käfig, da kommt eine Kollegin herein mit einem dicken Handschuh und ein paar Salatblättern, Tomate und Möhre. Sie öffnet den Käfig, legt alles sorgfältig ab und füllt Körner nach und sagt, pass auf, der beißt. Ich frage, ob er schon einen von ihnen erwischt hat, sie schüttelt den Kopf und sagt nur, das war der Abgabegrund. Ich bin wieder alleine, da kommen eine rosa Nase, ein paar lange, orangefarbene Zähne und ein weißer Kopf mit roten Knopfaugen zum Vorschein. Aha, eine Ratte. Das dürre Kerlchen schnappt sich die Möhre und verschwindet wieder und ich auch, denn der Rest des Katzenhauses wartet.

Als endlich die Arbeit des Tages erledigt ist, versuche ich noch einmal einen Blick auf Lucky die Ratte zu werfen. Als ich mit der Nase direkt vor dem Käfig bin, denke ich nur, puhhh das müffelt aber. Da ist wohl ein Einstreuwechsel nötig. Das nehme ich mir als allererstes für morgen vor.

Sonntagmorgen-Meeting, ich frage gleich, ob ich den Käfig sauber machen soll. Mittlerweile hat sich das kleine Büro in einen Pumakäfig verwandelt. Da keiner ein Interesse daran hat, von dem Nager getackert zu werden, überlassen sie mir das überaus gerne. Ich bekomme alle Utensilien samt dem dicken Handschuh. Mit behandschuhter Hand öffne ich den Deckel, nehme den Einwohner samt Häuschen heraus und setzte ihn in einen Transportbehälter. Geschafft und das ohne eine Verletzung. Der kleine Käfig ist ruckzuck sauber, das bin ich von meinen drei Meerschweinchen gewöhnt. So, nun muss ich den Einwohner wieder in den Käfig verfrachten und das Häuschen putzen. Gesagt getan, oder auch nur fast, das Kerlchen hält sich beharrlich in seinem Häuschen fest und lässt sich nicht davon überzeugen, da raus zu gehen. Was nun?

Ich versuche, ihn mit einer Möhre zu locken. Na, mit dem dicken Handschuh geht das aber nicht. Ich denke, ich bin schnell genug und ziehe den Handschuh aus ... es kommen die Nase und das Köpfchen und auch der halbe Ratz aus dem Haus. Er fängt langsam an, den Kopf zu schwenken. Tapfer und zitternd halte ich die Möhre. Er kommt näher und greift ganz vorsichtig nach der Möhre, setzt sich, nimmt die Scheibe in die Vorderfüßchen und futtert beherzt. Ich nehme langsam das Häuschen und nachdem auch das sauber ist und im Käfig steht, überlege ich, wie ich Lucky in den Käfig bekomme. Ich nehme das Häuschen wieder aus dem Käfig, halte es ihm hin und er krabbelt sofort hinein und ich manövriere ihn zurück. Kaum im Käfig, kommt Lucky auch schon an das Gitter gewuselt und schaut mich an und ich denke „na so glücklich sieht Lucky nun aber nicht aus". Ich überwinde meine Bedenken und strecke meine Hand mit einem Stück Möhre zwischen den Fingern in den Käfig. Alles wird kritisch beäugt, bis er losläuft und wieder ganz vorsichtig die Möhre aus meinen Fingern nimmt. Die nächste lege ich auf die Handfläche und diesmal marschiert der Herr ohne Bedenken auf meine Hand und bleibt zum Essen auch gleich dort sitzen. Ich bin überrascht, wie leicht er ist und dass er nicht versucht hat, mich zu zwicken. Mit einem Finger kann ich ihn sogar streicheln und er rührt sich nicht und es scheint ihm zu gefallen.

Jetzt muss ich aber langsam noch zu den Pensionskatzen, sonst gibt es Ärger, sage ich ihm und gehe los. Der kleine Kerl geht mir nicht aus dem Kopf und ich frage mich, ob er tatsächlich beißt oder man einen Grund vorgeschoben hat, um ihn los zu werden. Als ich nach getaner Arbeit wieder in das Büro gehe, steht Lucky schon erwartungsvoll am Gitter. Ich gebe ihm noch einen Hamsterkeks und gehe. Draußen frage ich, wann er denn in die Nageraußenstelle geht und die Tierheimleitung berichtet, dass die Außenstelle keine Ratte nehmen möchte, also muss er im Büro bleiben. Ich frage, wie groß die Chancen für ihn sind und bekomme die Antwort, dass bis jetzt noch nie nach einer Ratte gesucht wurde ...

Zuhause erzähle ich meinem Freund von Lucky und er ist alles andere als begeistert. Nach drei Tagen harter Überzeugungsarbeit, Bücher wälzen und Diskussionen wird mein Freund weich und sagt, ok, dann soll das Vieh eben kommen, aber nur wenn er nicht mehr Lucky heißt, sondern Krätze. Jaja, er hatte gerade den ersten Teil von Harry Potter gelesen. Ein kurzer Anruf im Tierheim und 45 Minuten später stehen der Käfig und die Transportbox samt Lucky im Auto und wir fahren nach Hause.

Kaum ist der Käfig aufgebaut und Krätze eingezogen, turnt er durch den Käfig. Ich öffne das Türchen und er kommt ganz „rattenlike" über den Arm auf die Schulter und schaut gespannt umher, als ich ihm die Wohnung und seine Mitbewohner – drei Meeries und ein weiteres Menschlein – vorstelle.

Schon nach einem Tag merken wir, dass der Käfig ans Sofa gestellt werden muss, damit der Kleine uns abends selbstständig besuchen und für die Notdurft in den Käfig kann. Meinen Freund hat er so schnell um das kleine Pfötchen gewickelt wie mich. Krätze darf sogar mit an den Computer und legt sich dort immer unter den warmen Monitor, um zu schlafen. Selbst die Nase darf er in das Mineralwasser stecken, das er total super findet. Krätze will die ganze

Zeit bei uns sein und wir überlegen, ihm einen Partner zu holen. Gesagt getan, wir finden einen kleinen Ratz von ein paar Wochen namens Merlin.

Krätze wurde drei Jahre alt und hat bei uns eine Bresche für seine ganze Art geschlagen. Selbst meine Eltern saßen bei einem Besuch mit ihm auf dem Sofa und haben ihn gestreichelt. Ich kann nicht alles aufzählen, aber mein Vater meinte, er sei ein Urvieh und ja, das war er. Wir haben noch einige Ratten gehabt, aber keine war wie er. Wir hatten eine sehr schöne Zeit mit ihm. Und am Ende war Krätze doch noch Lucky geworden!

PS: Bekannt sind die Tierchen auch für ihre Vorliebe, durch Pullover zu kriechen, hier ein kleiner Tipp: Wähle deinen Pulli nicht zu eng. Krätze hat sehr schnell herausgefunden, wenn man nur schlecht durchkommt, einfach in eine Speckfalte kneifen und schon ist der Bauch aus dem Weg.

Erlebt und geschrieben von Petra, 39

## FRIEDA.

Es war ein schöner Tag im April 2000. Die Kundschaft in meinem Blumenladen kaufte sich gut gelaunt die ersten Vorboten des Frühlings. Mein Mann und ich hatten uns für diesen Tag etwas Besonderes vorgenommen: Wir würden einen Hund aus dem Tierheim in unsere Familie holen. An diesem schönen Tag konnten wir nicht erahnen, welch „räuberische Aufregung" wir mit unserem neuen Familienmitglied noch zu durchleben haben würden. Frieda, so hieß die Riesenschnauzer-Mix-Dame, war mit ihren etwa 18 Monaten eine gut gelaunte Hündin, die sich alle Mühe gab, es in ihrer neuen Familie allen recht zu machen. Selbst unsere Katzen akzeptierten Frieda als Familienmitglied. Ich finde, das ist für einen ausgewiesenen Jagdhund nicht voraussetzbar und belegt eine hohe Verhaltensintelligenz. Frieda war fantastisch und bereicherte unsere Familie.

Als hätte Frieda noch nie was anderes gemacht, kam sie jeden Tag mit in den Blumenladen. Gerne legte sie sich vor die Eingangstür und war schnell Everybody's Darling. Es gab kaum einen Kunden, der Frieda nicht ansprach oder streichelte. Auch unter den Nachbarskindern war Frieda schnell bekannt und es sprach sich herum, dass sie die Streicheleinheiten von kleinen verklebten Kinderhänden liebte. Eines der Kinder – ein 9 jähriger Junge – machte gerne mal auf dem Weg zum Fußballtraining einen Umweg zu Frieda, um mit ihr zu spielen. Das war seine ganz besondere Form des Aufwärmtrainings. Nicht selten lagen die beiden verträumt nebeneinander auf dem Boden.

Eines Tages – Frieda war erst einige Wochen bei uns – lag sie wie gewohnt vor der Tür unseres Blumenladens und genoss ihr neu gewonnenes Leben. Einige Momente später durchzog mich ein Schrecken wie ein Blitz. Frieda lag nicht mehr vor der Eingangstür, wo ich sie doch eben noch gesehen hatte. Und auch mein Rufen nach ihr verhallte ungehört. Frieda war weg. Schnell informierte ich Freunde und Nachbarn. Alle suchten nach Frieda. Ich lief zur benachbarten Polizeistation, um dort den Verlust unserer Frieda zu melden. Vielleicht konnten die Polizisten weiterhelfen. Auf dem Weg zur Polizeistation gingen in Sekundenschnelle alle denkbaren Horrorszenarien durch meinen Kopf. Die Sekunden fühlten sich wie Stunden an. Pure Angst um Frieda hatte mich ergriffen. Aber was war das? Dort liefen zwei etwa acht Jahre alte Mädchen mit Frieda an einer Katzenleine. So aufgeregt wie ich war, schimpfte ich erstmal mit den Mädels und war gleichzeitig so unfassbar froh, dass Frieda wieder bei mir war.

Ich konnte nie klären, ob Frieda neugierig und freiwillig mit den Mädels mitgegangen war oder ob sanfte Gewalt in Form von Leckerchen nachgeholfen hatte. Sicher ist, dass die Mädels sich dabei nichts Böses gedacht hatten und auf dem Weg zur Polizei waren, um auf Anraten ihrer Mutter Frieda dort abzugeben. Nachdem sich bei allen der Schreck gelegt hatte, konnten wir schnell über das Erlebte schmunzeln. Es reichte ein Blick in Friedas Gesicht: Sie konnte sichtbar die ganze Aufregung nicht verstehen.

Nie wieder verließ Frieda abenteuerlustig ihren Lieblingsplatz vor unserer Ladentür. Frieda lebte fast 13 Jahre in unserer Familie und ist eigentlich immer noch bei mir.

Erlebt und erzählt von Angelika Schmelzer, 61, Floristin

## SUITE.

Meine Kindheit habe ich am schönen Niederrhein verbracht, wo mein Vater als Tierzuchtbeamter gearbeitet hat. Dadurch hatten wir viel Kontakt zu Bauern und wir Kinder haben viel Zeit auf Höfen in unserem Dorf verbracht. Ein Bauer hatte zu seinem eigenen Vergnügen und weniger als Verdienstquelle zwei Stuten, mit denen er aus Liebe zu den Pferden züchtete. Die Stute, die uns allen am liebsten war, war eine Trakehnerstute namens Suite. Sie war schon etwas älter, eine sehr erfahrene Mutter, die schon einige Fohlen groß bekommen hatte. Suite hatte wieder einmal ein Fohlen, einen kleinen Hengst, ein Brauner wie seine Mutter.

Der Hof war ein typischer niederrheinischer Vierkanthof mit großem Hoftor, der, wenn das Hoftor geschlossen war, wie eine Trutzburg dastand. Die Gemäuer waren alt, in ihrer Nutzung hatten sie schon einige Veränderungen erlebt und so hatte Suite einen Laufstall in der alten Scheune für sich und ihr Fohlen alleine, aus dem man heute wahrscheinlich vier Laufboxen machen würde. Es war viel Platz, Stroh und Heu wurden nebenan gelagert. Die Scheune war nicht nur Stall, sondern auch Spielplatz für die vier eigenen Kinder vom Hof und all die anderen, die noch dazu kamen. Die Tiere kannten das und gehörten dazu.

Irgendwann war ich auch mal wieder da und musste natürlich nach dem Fohlen sehen. Das lag friedlich mit ausgestreckten Beinen im Stroh und schlief. Und seine Mutter, wie sich das für eine erfahrene Stute gehört, stand mit dem Kopf über ihrem Fohlen, damit ihr nichts entging. Ich bin in den Stall rein, habe mich neben das Fohlen gelegt und es dauerte nicht lange und ich war auch tief und fest eingeschlafen. Der Bauer war auch in der Scheune und hatte ein wachsames Auge auf uns, denn er hatte zwar großes Vertrauen zu seiner Stute, aber mit Menschenkindern weiß man ja nie so recht. Und das Fohlen war schließlich auch noch sehr jung. Nur deshalb weiß ich, was dann kam, denn er hat es jahrelang immer wieder gerne erzählt. Wir haben so etwa eine Viertelstunde geschlafen, bis das Fohlen dann schließlich unruhig und wach wurde und begann, sich zu bewegen. Die Stute bekam das natürlich mit und hat mich mit ihrem samtweichen Maul angestupst, so dass ich auch wach wurde und nicht aus Versehen einen Tritt ihres aufstehenden Fohlens abbekommen konnte.

Immer wenn diese Geschichte später erzählt wurde, was eigentlich immer der Fall war, wenn mein Vater dabei war, so als Gespräch von „Tierexperte zu Tierexperte", musste ich mir kluge Erläuterungen dazu anhören, dass das natürlich sehr unvorsichtig von mir war und ich zukünftig auf keinen Fall mehr in irgendwelchen Ställen schlafen sollte. Als Vater wohl eine verständliche Reaktion. Und das Verhalten der Stute hätte natürlich nichts mit Verstand zu tun, sondern wäre einfach ein natürlicher Instinkt einer erfahrenen Stute gewesen. Mir ist das bis heute herzlich egal und ich kann nur sagen: Wenn die natürlichen Instinkte der Menschen immer so verlässlich wären wie der Instinkt dieser Stute, ginge es uns erheblich besser.

Erlebt und geschrieben von Jörg Wolke, 56

# TYR.

Es war schon immer unsere Überzeugung, dass man „gemeinsam" viel mehr bewegen kann als allein. Dies zeigte sich auch, als wir im Sommer 2016 mit dem Infostand unserer Initiative mensch-hund-und.de als Aussteller beim Sommerfest des Hundehilfevereins „Hunde aus Mallorca" waren und dort von einem Besucher angesprochen wurden. Das allein ist jetzt nicht so überraschend, da unser Infostand mit seinen Materialien zu Tier- und Menschenrechten immer wieder Menschen dazu bewegt, uns anzusprechen, um mit uns längere Gespräche zu bestimmten Themen zu führen.

Zurück zu unserem „Besucher" – bei ihm wurde schon durch sein Äußeres klar, dass er die internationale Meeresschutzorganisation Sea Shepherd unterstützt. Denn er trug ein Sea Shepherd Aktivisten-T-Shirt. Er fragte uns, ob wir uns thematisch mit dem Abschlachten der Wale in einer Bucht der Färöer Inseln auskennen würden. Das konnten wir bejahen. Als Tierrechtler kommt man an den grausamen Szenarien, die sich jedes Jahr aufs Neue vor den Färöer Inseln abspielen nicht vorbei. Hunderte von Walen werden hier Opfer eines barbarischen, von Menschen vollzogenen Rituals. Dabei gehen diese Menschen auf Fischerbooten mit ihren Netzen hin und treiben die Wale in eine Bucht. Am Strand dieser Bucht stehen mit Messern und Metallhaken bewaffnete Männer, die auf die Wale warten, um diese dann durch Hiebe und Stiche zu töten. Das Wasser der Bucht ist in wenigen Minuten blutrot gefärbt. Ein unfassbares Szenario – und das aus reiner Mordlust und um sich als Männer zu beweisen. Für uns ist das nicht mannhaft, sondern ein klarer Beweis von fehlender Empathie und für den Spaß am Morden. Der Aktivist von Sea Shepherd erklärte uns, dass einer dieser Täter Leadsänger der Metallband TYR sei, der sein blutiges Handeln als traditionelles Ritual definiere. Jetzt hören wir auch Musik und haben einen breit gefächerten Geschmack, von Hard Rock über Deutsch und Global Pop bis hin zu Klassik hören wir vieles gerne. Je nach Stimmung auch Metall. Aber von der Band TYR hatten wir noch nichts gehört. Diese Band war uns gänzlich unbekannt.

Nicht vergessen haben wir, wie unverblümt der Sea Shepherd Aktivist uns fragte, was denn in Köln los sei? Wir fragten, was er meine und er schilderte uns folgende Situation: Die Gruppe TYR würde im Herbst auf Deutschlandtournee sein. Und um zu zeigen, dass in Deutschland solch blutige Rituale, wie die vor den Färöer Inseln, nicht toleriert würden und um das grausame Schlachten erneut in die Schlagzeilen zu bringen, versuchten viele Mitstreiterinnen und Mitstreiter, die Tournee von TYR zu verhindern. Damit würde auch die Hoffnung, dass sich der weltweite Druck auf die Regierung der Färöer Inseln erhöhe, verbunden. Erfolge konnten bis zu diesem Zeitpunkt unter anderem in Hamburg und Rostock erzielt werden. Dort wurden die Auftritte von den Veranstaltern abgesagt. Aber in Köln würde das Thema nicht ausreichend wahrgenommen. Obwohl schon einiges an Protest beim Inhaber der Veranstaltungshalle eingegangen wäre, tue sich dieser mit der Ausladung der Gruppe TYR schwer.

Der Sea Shepherd Aktivist fragte uns, ob wir nicht helfen könnten, den Protest gegen TYR in Köln zu multiplizieren. Wir sagten ihm, dass wir Sea Shepherd gern unterstützen würden und im deutschsprachigen Raum so gut vernetzt wären, dass wir einiges bewegen könnten. Christine und ich besprachen uns am nächsten Tag, wen wir zur Aktion „Öffnet TYR nicht die Tür" mit ins Boot nehmen sollten. Wir waren uns schnell einig, dass der bmt e.V. (Bund gegen Missbrauch der Tiere) genau der richtige Partner sei. Schon kurz darauf konnten wir telefonisch alle nötigen Absprachen mit dem bmt treffen. Der bmt unterstützte die Aktion über sein eigenes Netzwerk mit einem offenen Brief seines wissenschaftlichen Mitarbeiters.

Jetzt wurde es dynamisch. Tierrechts- und Tierschutz-Aktivisten gaben die Aktion „Öffnet TYR nicht die Tür" unserer Initiative „Mensch Hund und" in den sozialen Netzwerken sowie die Informationen von Sea Shepherd und dem bmt geradezu in Windeseile weiter. Die Facebookseite der Veranstaltungshalle kannte nur noch ein Thema: „Öffnet TYR nicht die Tür". Damit dauerte es nur noch wenige Tage, bis die örtliche Presse sich des Themas annahm. Und es kam wie gewünscht, der Eigentümer der Veranstaltungshalle sagte das Konzert der Band TYR ab. Die Medien und sozialen Netzwerke haben das sinnbefreite und grausame Abschlachten der Wale zumindest für kurze Zeit in den Fokus 10.000er Menschen gebracht.

Den Musikern von TYR ist hoffentlich bewusst geworden, dass ihr Handeln weltweit nicht ohne Konsequenzen bleibt. Und dass auf diesem schönen Planeten Tier- und Naturschützer nicht müde werden, dort aktiv zu werden, wo wir gebraucht werden. Unter anderem dort, wo der Mensch skrupellos aus reiner Mordlust oder Habgier Tiere tötet.

Erlebt und geschrieben von Robert Langer & Christine Reichmann

## VERTRAUEN.

*Die unzähligen berührenden Begegnungen und Er-
lebnisse mit unseren tierischen Freunden machten
es mir nicht leicht, „die eine Geschichte" auszuwäh-
len. Es gäbe auch über die vielen Katzen zu berich-
ten, die im Laufe der Jahre bei mir und meinem
Mann lebten und von denen sieben noch bei uns
sind. Ich habe mich für eine meiner Ponyfreundin-
nen entschieden, wenn auch meine Erzählung kurz
und für einige vielleicht unspektakulär ist. Für mich
aber war es ein großer Augenblick, der ein Happy
End herbeiführte. Doch bevor ich darauf zurück-
komme, möchte ich zwei andere Ponys vorstellen:*

Während einiger Jahre hielt ich mich regelmäßig auf
einer Gnadenfarm in Irland auf, wo zuvor misshan-
delte und verwahrloste Esel sowie Ponys und Pferde
damals wie heute liebevolle Pflege in einer paradie-
sischen Gegend finden.

Schon bei meinem ersten Aufenthalt hatten es mir
besonders die Ponys angetan. So verbrachte ich viel
Zeit auf ihrer Weide, beobachtete sie, sprach mal
mit dem einen, mal mit dem anderen Pony oder arbeitete therapeutisch mit ihnen. Gewiss ist, dass die
damals noch kleine Gemeinschaft meine Anwesenheit schon sehr bald akzeptierte.

*Cherokee und Lyric*

Meine erste „Klientin" war Cherokee, ein wildes,
unberechenbares Wesen, das um sich trat und biss,
sobald es um Gutzis* ging. Schon ein kurzer Augen-
kontakt brachte sie zum Ausrasten. Wie die meisten
hier war sie stark traumatisiert, wenn auch ihr

---

Schicksal von dem der anderen abwich. So weit es sich rekonstruieren ließ, wurde Cherokee in ihrem Leben zuvor regelmäßig zur Deckung gezwungen. Ihre Fohlen hatte man ihr vermutlich auf brutalste Weise weggenommen. Bis auf die kleine Lyric, die glücklicherweise erst auf dieser Farm zur Welt kam und deshalb als einzige ihrer Herde unversehrt war. Für Lyric hatte man zwar für später ein anderes Zuhause vorgesehen, doch in Anbetracht ihrer stark traumatisierten Mutter blieb sie. Dennoch war es sehr schwierig, Cherokee zu besänftigen. Aber: Das erste Erfolgserlebnis ließ nicht lange auf sich warten. Wir konnten sie anschauen, ohne dass sie sich angegriffen fühlte. Und auch ihr Blick wurde zunehmend sanfter. Dennoch brauchte es viel Geduld und noch mehr Zeit, bis sie sowohl Menschen wie ihren Artgenossen gegenüber umgänglicher wurde. Heute lässt sie sogar den Hufschmied an sich heran, was zuvor ohne leichte Narkotisierung unmöglich war.

Als ich Cherokees Tochter Lyric erstmals begegnete, war sie noch ein ungestümes und neugieriges Fohlen. Für ein Pony eher feingliedrig, überragte sie schon damals ihre Mutter, die im Gegensatz zu ihr eine gedrungene Statur hatte. Obwohl mir Lyric immer wieder meine Arbeit erschwerte, schloss ich sie sogleich ins Herz. Dennoch lernte ich sie ein paar Jahre später von einer ganz neuen Seite kennen. Damals litt sie unter einem lästigen Husten, den ich behandeln wollte. Natürlich fragte ich mich, ob die temperamentvolle junge Stute die dafür notwendige Ruhe aufbringen würde. Zu meiner Überraschung stand sie aber nach kurzer Zeit während ungefähr zwanzig Minuten unbeweglich und völlig entspannt vor mir, machte dann – wohl um meine Füße zu schonen – zwei Schritte rückwärts und plumpste danach wahrhaftig zu Boden, wo sie sogleich einschlief.

Etwa zwei Jahre später geleitete mich Lyric beim Abstieg über terrassenförmiges Gelände sicher durch die heikelsten Stellen, indem sie mir ihren Rücken als Stütze zur Verfügung stellte und sich treu an meiner Seite hielt. Ähnliches erlebte ich übrigens in kritischen Situationen mit einem anderen Pony und später mit zwei „Jungs" aus der Donkey**-Herde.

*Jetsie*

Unzählige Esel sowie kleine und große Pferde kamen im Laufe der Zeit neu zur Farm und etliche gingen. Unter den vielen, mit denen ich arbeiten durfte, standen mir einige besonders nahe. So auch die schwarze Ponystute Jetsie. Sie war seinerzeit im wahrsten Sinne gebrandmarkt worden.

Obschon ich mich Jetsie mehr als allen andern widmete, war es äußerst schwierig, ihr Vertrauen zu gewinnen. Wie auch? Man hatte sie im Herbst 2007 auf einem mehr als zweifelhaften Tiermarkt gefunden, nur drei Jahre vor meiner ersten Begegnung mit ihr. Sie war damals in einem schrecklichen Zustand, völlig ausgemergelt und dehydriert. Jetsies linkes Vorderbein war kaputt, die Ohren oben gekappt und an den Außenkanten waren wohl die Markierungen herausgerissen worden. Das „S" auf der linken Seite ihres Brustkorbes und ihr steifes verkrümmtes Bein zeugen noch heute von ihrem unendlichen Leid. Jetsie wird nie mehr ungehindert gehen können.

Ihre Gefährtinnen hingegen vertrauten mir schnell, obschon auch sie eine traurige Vergangenheit hatten. Zwar konnte ich mich Jetsie bald nähern, sie kurze Zeit berühren, aber bis sie sich richtig anfassen oder gar streicheln ließ, dauerte es sehr lange. Dennoch hatte ich das Gefühl, dass sie mir auf der seelischen Ebene näher war. Aber ihr Körper reagierte immer noch reflexartig, wenn sie wieder einmal davonlief.

Jetsie hatte auch gute Zeiten und in einer Situation wirkte sie sogar völlig unbeschwert. Es war ein wunderschöner Abend als ich sie inmitten ihrer dem Sonnenuntergang entgegengaloppierenden Herde entdeckte (sie galoppierte tatsächlich ein kurzes Stück mit!). Plötzlich machte sie einen Freudensprung. Welch' ein Anblick! Dieser Moment war Ausdruck reinster Lebenslust. Ich war zutiefst berührt und fühlte mich mindestens so glücklich wie Jetsie.

Oft aber suchte sie Schutz bei ihrer Freundin Candle. Umso erfreulicher war es, als Jetsies Selbstvertrauen zu erwachen begann. Und dann kam der Tag, der unsere Beziehung vollends veränderte.

Wieder einmal schlenderte ich über die hügelige Ponyweide, um nach meinen Freundinnen Ausschau zu halten. Manchmal ließ sich keine blicken, denn das Gelände war an vielen Stellen unüberschaubar und oft befanden sich die Ponys ganz weit oben zwischen hohen Büschen und Gräsern. So war es auch diesmal. Doch dann entdeckte ich weiter unten meine Freundin, die ihren Hintern an einer Wand des Unterstandes scheuerte. Keine Ahnung, was mich geritten hatte, denn ganz spontan rief ich ihr zu: „Komm Jetsie, ich mach das für dich!" Man mag es glauben oder nicht: Sie hob ihren Kopf, blickte mich an und setzte sich unverzüglich in Bewegung. Auf direktem Weg trottete sie auf mich zu. Dann drehte sie sich um, hielt mir ihr Hinterteil entgegen und stand bockstill da. Ihre Erwartung war zum Greifen spürbar und ich einfach nur platt. Ich hätte heulen können vor Rührung! Sonnenklar, dass ich mein Versprechen unverzüglich einlöste, indem ich alle zehn Finger in ihr Fell grub, um Jetsie vom lästigen Juckreiz zu erlösen. Damit war die Zeit gekommen, Jetsie streicheln und knuddeln zu dürfen.

Von da an geschah stets dasselbe: Immer wenn sie mich sah, lief sie mir entgegen und kehrte sich um 180 Grad. Auch als ich über ein Jahr später wiederkam, wiederholte sich mit schönster Regelmäßigkeit dieses Ritual.

Jetsie vertraute mir wirklich.


Erlebt und erzählt von Silvia Orlando Akagi, Tiertherapeutin


*Leckerchen

**Esel

## ZOO.

All the way back, at what was still a rather short age and height, I lived through days of what I deemed a sensible alternative to school. Unimaginative maths teachers, tyrannical geography teachers and, most particularly, ill-informed biology teachers have a wonderful way of inciting the skipping of school hours in favour of spending the time at the zoo, and instead of arguing with a certain biology teacher, whom I only choose to remember for this occasion, about the wrongfulness of her counting spiders to insects, I'd rather climb a fence to see the real thing, it having been a time when the incarceration of this many innocents did not yet bother me enough to win over my curiosity.

I say climbing the fence because at that tender age there's only that much zoo you can afford. The regular endeavour, which also served as a substitute for the missed physical education, was made so easy for me that I decided to interpret it as an invitation, but for safety measures I'd enter a good 10,15 minutes before opening time.

The part of the fence where climbing was the most convenient would inevitably lead me first to the mountain sheep.

Mountain sheep are very social animals living in flocks, and in mountain areas. Hence the name. They are accomplished climbers, but were provided with only a rather pitiful opportunity for this. What would happen every time, but would gradually decrease in spookiness for me, was in fact very spooky the first time. I'd emerge from a thick foliage hiding the fence into a small square of asphalt in front of the area designated for the sheep. And I can only guess that mountain sheep have an adequate sense of time, and that, while I'd taken care of avoiding the keepers on the ground, my irregular appearance out of the foliage being irregular also in terms of opening hours did not escape those sheep.

Have you ever stood before 30 or so perfectly motionless mountain sheep, who all stare at you?

Films like the New Zealand production 'Black Sheep' were still decades away from conceiving, but you find yourself in this somewhat awkward situation, and even knowing mountain sheep as being herbivores you feel just unsafe.

Usually talking to them made the first 1 or 2 resume chewing whatever they'd been in the process of chewing, but they would not take their strange eyes from me. What made the whole thing even more unsettling was that when I moved their necks, heads and eyes would wander along with me, but at a speed that wasn't at all discernible, so that the effect was pretty much as with one of these old portraits of which the eyes will be on you where ever you are in the room.

When enough time had passed to explain my presence I'd move on. I'd silently greet all the animals, pretending they were friends. The exact order of my round escapes me after such long time, but it was the same every morning. I'd look at the vipers, of which some had once again been eaten by their own food, rats, every time thinking that someone ought to have a word with the management. I'd greet the neurotic, destroyed large cats that would walk back and forth along the bars of their cages in a robotic, monotonous manner, never seeming to see me. I'd stop by the lemurs, who for some reason were the only inmates I'd named.

And I'd see my special friend, the raven.

Since then I've evolved a little theory. I think a good start for understanding things is looking at extremes, or at opposing ends. The idea struck me when comparing birds from the raven family, and the big raven in particular, with, say, pigeons. Down to it all birds are predators, but those birds that prey on insects, spiders (this distinguishing would be the last time I remember that teacher) and beetles might count to the least enviable animals there are; sure, they can fly, but for a bird flying is the same as for us running. And those birds lead incredibly stressful lives, as they're equally aware of being food, and you can tell, birds of lesser size and stamina are rather nervous and hectic creatures.

Corvus corax, the common raven, on the other hand, is not only a scavenger but in fact a hunter where the occasion is provided, despite being closer related to birds of lesser predatory status. I also believe them to be more intelligent. I suspect there being a context of playfulness, intelligence and being a predator, and I think I can make at least a good circumstantial case.

Intelligence and learning are inseparable. We, i.e. us mammals, and not only us mammals, begin to learn by play. The tendency for play, if I'm not terribly wrong, can be observed a lot more in predatory birds than those who merely feast on bugs and berries. Vultures display it, and so do ravens. When have you last played with a pigeon to either party's satisfaction? Exceptions must be included, say, with parrots and their closer cousins, but as a tendency I'd stick to my take. And it may be supported by the suggestion that sparrows and bullfinches simply don't have the time, which they have to spend by constantly looking about them, while birds that eat other birds as well as the occasional mammal have reason to be more confident.

My befriended raven loved to play. And he'd come to the front of the mesh wire as soon as I approached his cage. Our game was simple. I'd stick a small twig through the wire which he'd take. He'd then carefully choose another hole in the wire and shove the twig back to me. This we did for a while, back and forth, each time through a different hole in the mesh wire, which particular hole for him clearly being a matter of some importance, signified by an excited hopping to and fro until a decision was reached, on and on until we'd begin with stage 2 of our game. I'd place a succession of 4 or 5 pieces of twigs of equal length through the lowest holes before him, every time with one of them lying oblique relative to the others. Excited hopping, then he'd pick the 'faulty' twig-piece and correct it. In my memory he also followed with a cocked head, looking at my reaction.

I must say that if I'd witnessed this first as an adult I'd probably be way more impressed. Back then he was a friend to me, a playmate, who, in my mind, undoubtedly counted the hours each day and night until my return.

On to the bat house, where most of the bats were given the liberty to just fly around at their leisure, meaning also outside their designated fake caves. Warning: if a bat happens to cling to the low ceiling just above you, resist the temptation to reach for it, because they won't have it, and they have their very own manner of responding. Believe me, you don't want to end up with bat-guano in your eye.

The vampire bats were the only ones shielded away by a glass wall. Invariably they'd hang together as a thick drop of constantly moving, greyish surface. Their feeding spot was several meters away, and I was puzzled that it seemed always the same individual that broke from the drop at always the same place, whooshed over to the feeding tube, which was filled with blood, walked the last distance in a manner that rather lacked elegance, as if on crutches, had a good swallow, and flew back, right to the same spot in the drop from which it had departed. It took me some time to realize that the drop was in fact slowly rotating. It wasn't always the same bat, it was the same spot from which they'd all depart in turn. Which simply is a good way of avoiding rivalry over blood consumption. I already knew that outside a zoo they'd been found queuing on sleeping mammals, but this was the first time that I got a real understanding of just how rule-ordered their social life is. I should add that so far I haven't found any description of this particular detail of the vampire drop in any literature.

My last stop was always the one I looked forward to the most. At this zoo the wolf area included a slope down the back, featuring trees to both sides. The fence at its bottom was accessible, but no one ever came here but me, as the wolves mostly stuck to the upper, more expansive part. Only one came down there, and as with my raven he'd come down upon my arrival. And he was the only white wolf they had in the zoo.

Although we'd come to know each other casually over the while, the ritual of encounter would always remain the same. We'd both raise our heads to smell. And then I'd begin with the single most important signal that is understood in the interspecies language among all mammals, and by necessity so: the blink.

Our own species is one that likes to look, and we like to look each other in the eye. This is most puzzling to other animals, because the reasons for looking each other straight in the eyes are pretty defined: I either want to eat you, or fight you, or mate with you. It is used in moments of tensions, mostly. A moment of encounter is a moment of tension, and the way of attempting to de-escalate is by giving the other a blink. You're blinking, just a clap with your eyelids, and what you're saying is, 'it's okay, I don't mean you any harm. I'm cool. How about you?'

I'd usually have to do it a couple of times, until eventually the wolf would give a single blink back, and we'd instantly avert our gazes. It worked that way every time. Subsequently we'd look at each other again, but without any tension needed, repeating the blinking, on my behalf just for enjoyment. It was incredibly tender. And regardless of age, it would disarm anyone.

Erlebt und geschrieben von Daniel Cazard

## ZOO.

Damals – als kleiner Junge – gab es eine Zeit, in der ich meine Tage so gestaltete, dass sie für mich zu einer sinnvollen Alternative zur Schule wurden. Fantasielose Mathelehrer, autoritäre Geografielehrer und insbesondere schlecht informierte Biologielehrer stifteten mich dazu an, die Schule zu schwänzen und stattdessen meine Zeit im Zoo zu verbringen. Und anstatt mich mit einer bestimmten Biologielehrerin – an die ich mich nur aus diesem Grund erinnern will – über ihren Fehler, Spinnen zu den Insekten zu zählen, auseinanderzusetzen, entschied ich mich, über den Zaun des Zoos zu klettern, um mir die Wirklichkeit anzuschauen. Zu dieser Zeit erreichte mich die Gefangenschaft so vieler Unschuldiger noch nicht so sehr, dass sie über meine Neugierde siegte.

Ich kletterte über den Zaun, weil ich mir die vielen Zoobesuche in diesem zarten Alter sonst nicht hätte leisten können. Dieses regelmäßige Unternehmen, das zugleich als Ersatz für die verpassten Sportstunden diente, wurde mir so leicht gemacht, dass ich entschied, es als Einladung zu verstehen. Aber aus Sicherheitsgründen kletterte ich immer erst 10 bis 15 Minuten vor der Öffnungszeit über den Zaun.

Die Stelle, an der der Zaun für mich am bequemsten zu überwinden war, führte mich unweigerlich zuerst zu den Bergschafen.

Bergschafe sind sehr soziale Tiere, die in Herden in Bergregionen leben. Daher ihr Name. Sie sind versierte Kletterer, aber man gab ihnen leider nur wenig

Gelegenheit dazu. Was jedes Mal geschah, aber mit der Zeit immer weniger gespenstisch auf mich wirkte, war das erste Mal tatsächlich sehr gespenstisch für mich. Ich schlüpfte also hinter dem dichten Blattwerk hervor, das den Zaun verdeckte, und befand mich auf einem kleinen asphaltierten Platz direkt vor dem Areal, das für die Schafe vorgesehen war. Und ich kann nur vermuten, dass Bergschafe ein ausreichendes Zeitgefühl haben, und das, obwohl ich darauf achtete, den Wachleuten aus dem Weg zu gehen. Mein unregelmäßiges Auftauchen aus dem Blattwerk, auch im Sinne von Öffnungszeiten, entging diesen Schafen nicht.

Hast du jemals vor 30 vollkommen regungslosen Bergschafen gestanden, die dich *alle* anstarren?

Filme wie die neuseeländische Produktion „Black Sheep" waren zu diesem Zeitpunkt noch Jahrzehnte von ihrem Erscheinungsdatum entfernt, aber du findest dich genau in dieser äußerst befremdlichen Situation wider. Und obwohl du weißt, dass Bergschafe Pflanzenfresser sind, fühlst du dich sehr unsicher.

Während ich also mit den Schafen sprach, fingen die ersten ein bis zwei wieder an zu kauen. Aber was auch immer sie gerade taten, sie ließen mich dabei nicht aus ihrem eigenartigen Blick. Und was die ganze Sache erst recht beunruhigend machte, war, dass jedes Mal wenn ich mich bewegte, ihre Hälse, Köpfe und Augen mitwanderten und das in einer kaum wahrnehmbaren Geschwindigkeit. Es war wie der Effekt mit diesen alten Portraits: Die

Augen sehen dich an, ganz gleich, wo du dich im Raum befindest.

Wenn genügend Zeit vergangen war, um meine Anwesenheit zu demonstrieren, setzte ich meinen Weg fort. Ich grüßte still alle Tiere als wären sie meine Freunde. Die exakte Reihenfolge meiner Runde weiß ich nach so langer Zeit nicht mehr, aber es war jeden Morgen dieselbe. Ich schaute nach den Vipern, von denen einige von ihrem eigenen Futter, den Ratten, gefressen wurden. Dabei dachte ich jedes Mal, dass jemand darüber mit der Zooverwaltung sprechen sollte. Ich grüßte die neurotischen, deprimierten großen Raubkatzen, die monoton wie Roboter hinter den Stäben ihrer Käfige hin- und hergingen, ohne mich jemals wahrzunehmen. Ich stoppte bei den Lemuren, die aus irgendeinem Grund die einzigen Gefangenen waren, denen ich Namen gab.

Und ich sah meinen speziellen Freund – den Raben. Nachdem ich ihn kennengelernt hatte, entwickelte ich eine Theorie.

Um Dinge verstehen zu können, ist es ein guter Anfang, sich Extreme oder Gegensätze anzuschauen. Ich verglich also Vögel aus der Familie der Raben mit Tauben. Letzten Endes sind alle Vögel Räuber, aber die kleineren Vögel, die Jagd auf Insekten, Spinnen (Diese Unterscheidung erinnerte mich das letzte Mal an meine Biologielehrerin.) und Käfer machen, gehören zu den am wenigsten beneidenswerten Tieren, die es gibt. Sicher, sie können fliegen, aber für einen Vogel ist Fliegen genauso normal wie für uns das Laufen. Und diese Vögel führen ein sehr anstrengendes Leben, weil sie sich immer darüber im Klaren sind, dass sie auch Futter sein können. Deshalb sind kleinere Vögel besonders nervös und hektisch.

Ganz im Gegensatz zum Corvus corax, dem Kolkraben. Er ist nicht nur ein Aasfresser, sondern, wenn sich ihm die Gelegenheit bietet, auch ein Jäger. Und das, obwohl er mit Singvögeln verwandt ist, die weniger räuberisch unterwegs sind. Darüber hinaus glaube ich, dass Kolkraben intelligenter sind. Ich vermute einen Zusammenhang zwischen Verspieltheit, Intelligenz und der Tatsache, ein Räuber zu sein. Und ich denke, ich kann immerhin einen guten Indizienbeweis liefern.

Intelligenz und Lernen sind untrennbar miteinander verbunden. Wir und andere Säugetiere lernen durch Spielen. Diese Veranlagung beobachten wir, wenn ich nicht völlig falsch liege, weitaus häufiger bei Raubvögeln als bei jenen kleineren Vögeln, die sich lediglich von Insekten und Beeren ernähren. Das können wir bei Geiern und Raben beobachten. Wann hast du das letzte Mal mit einer Taube zu euer beider Zufriedenheit gespielt? Es gibt natürlich Ausnahmen, zum Beispiel Papageien und ihre engsten Verwandten. Grundsätzlich bleibe ich aber bei meiner Theorie. Und diese wird dadurch gestützt, dass Spatzen und Finken einfach nicht die Zeit haben zu spielen. Diese brauchen sie, um sich ständig zum eigenen Schutz umzuschauen, während Vögel, die andere Vögel fressen ebenso wie manche Säugetiere, selbstbewusster sind und sich deshalb sicher fühlen.

Mein Freund der Rabe liebte es zu spielen. Und er kam immer ganz dicht an das Drahtgeflecht, sobald ich mich seinem Käfig näherte. Unser Spiel war einfach. Ich steckte einen dünnen Zweig durch den Draht, den er nahm. Dann wählte er einen anderen Zwischenraum des Drahtgeflechts aus und schob den Zweig zu mir zurück. Dies taten wir eine Weile, hin und her, jedes Mal durch eine andere Lücke im Maschendrahtzaun. Dabei schien es kein Zufall zu sein, für welche Lücke sich der Rabe entschied. Er hüpfte vor und zurück, während er seine Entscheidung fällte. Immer so weiter, bis wir mit dem zweiten Level unseres Spiels begannen. Ich steckte eine Reihe von vier oder fünf gleichlangen Zweigen in die niedrigsten Lücken vor ihm. Dabei legte ich jedes Mal einen Zweig quer neben die anderen. Aufgeregt hüpfend pickte der Rabe nach dem „falschen" Stöckchen und korrigierte es. In meiner Erinnerung beobachtete der Rabe gespannt, wie ich reagierte. Dabei muss ich sagen, dass ich, hätte ich dies das erste Mal als Erwachsener beobachtet, noch beeindruckter gewesen wäre.

Damals war der Rabe ein Freund für mich, ein Spielkamerad, der für mich zweifellos jeden Tag die Stunden zählte, bis ich wieder zu ihm zurückkehrte.

Weiter zum Fledermaushaus, in dem die meisten Fledermäuse die Freiheit hatten, herumzufliegen. Auch außerhalb ihres ausgewiesenen, gefakten Käfigs. Achtung: Wenn eine Fledermaus sich an eine niedrige Decke direkt über dir klammert, widerstehe der Versuchung, nach ihr zu greifen. Sie mag es nicht und hat ihre ganz eigene Art, dir das zu zeigen. Glaub mir, niemand möchte Fledermauskot im Auge haben. Die Vampirfledermäuse waren die einzigen, die durch eine Glasscheibe getrennt waren. Sie hingen immer als dicke, sich stetig bewegende Traube mit einer grauen Oberfläche zusammen. Ihre Futterstelle war einige Meter entfernt. Und ich war verblüfft, dass es immer dieselbe Fledermaus zu sein schien, die sich an immer derselben Stelle aus der Traube löste und zu dem mit Blut gefüllten Futterkanal rauschte. Dabei ging sie das letzte Stück in einer wenig eleganten Art und Weise, wie auf Krücken, nahm einen großen Schluck und flog zurück. Genau zu derselben Stelle der Traube, von der sie losgeflogen war. Ich brauchte einige Zeit, um zu begreifen, dass sich die Traube in Wahrheit langsam drehte. Es war nicht immer dieselbe Fledermaus, es war dieselbe Stelle von der sie alle im Wechsel losflogen.

Was einfach ein guter Weg ist, um einen Wettstreit um das Blut zu vermeiden. Ich wusste bereits, dass sie außerhalb des Zoos manchmal auf schlafenden Säugetieren Schlange standen, aber dies war das erste Mal, dass ich wirklich verstand, wie regelbezogen ihr Sozialleben ist. Ich sollte hinzufügen, dass ich bis heute nirgendwo in der Literatur eine Beschreibung dieses speziellen Details der Vampirtraube gefunden habe.

Mein letzter Stopp war immer der, auf den ich mich am meisten freute. In diesem Zoo gehörte zum hinteren Teil des Geländes für die Wölfe ein zu beiden Seiten mit Bäumen gestalteter Hang. Der Zaun am unteren Ende war zugänglich. Aber außer mir kam niemand hierher. Die Wölfe befanden sich meist im oberen, weitläufigeren Teil. Nur einer kam hier herunter und er kam – genau wie mein Rabe –, um mich zu empfangen. Und es war der einzige weiße Wolf, den sie in diesem Zoo hatten. So lernten wir uns nach und nach kennen. Unser Ankunftsritual blieb immer dasselbe. Wir hoben beide unsere Köpfe, um zu schnuppern. Und dann begann ich mit einem der wichtigsten Signale, das in der Sprache zwischen Säugetieren verstanden wird, dem Zwinkern.

Wir menschlichen Wesen lieben es, zu schauen. Und wir mögen es, uns gegenseitig in die Augen zu blicken. Das ist für andere Tiere sehr verwirrend, weil ihre Gründe, sich gegenseitig direkt in die Augen zu schauen, ganz andere sind: Ich will dich entweder fressen oder mit dir kämpfen oder mit dir balzen. Dieses Zwinkern wird meist in spannungsgeladenen Momenten gebraucht. Ein Augenblick der Begegnung *ist* ein Moment der Spannung. Und ein Weg, um zu deeskalieren ist, dem anderen zuzuzwinkern. Dein Zwinkern ist nur ein Schlag deiner Lider und was du damit sagst ist, „Es ist okay, ich will dir nichts. Für mich ist alles gut. Was ist mit dir?"

Ich musste den Wolf einige Male anzwinkern, bevor er mir ein Zwinkern zurückgab und wir danach unsere Blicke sofort wieder voneinander abwendeten. So ging es jedes Mal. Anschließend schauten wir uns wieder an, aber diesmal ohne Spannung. Wir wiederholten das Zwinkern. Von meiner Seite nur aus Spaß. Es war unglaublich zart. Und egal wie alt du bist, es würde jeden entwaffnen.

Erlebt und im englischen Original geschrieben von Daniel Cazard

# LIEBE.

Es gibt Tage im Leben, da passieren Dinge, die von heute auf morgen das Leben und die Einstellung zu diesem Leben ändern können. Tage, die man nie mehr vergisst. So ein Tag war der 12. Februar 2005, ein Samstag.

Der Tag begann ganz normal. Mein Wecker klingelte um zwei Uhr morgens, da ich mit dem Backdienst in der Backstube, in der ich damals arbeitete, dran war. Es gab natürlich nichts Schöneres, als um diese Uhrzeit aufzustehen, aber dafür hatte ich auch um 11 Uhr wieder Feierabend. Ich machte mir also erst einmal einen Kaffee, um wach zu werden. Meine Schäferhund-Collie-Mix-Hündin Fina, die schon ein schönes Alter von 15 Jahren hatte, teilte die Härte des frühen Aufstehens nicht mit mir, sondern blieb gemütlich im Schlafzimmer vor dem Bett liegen. Und wie immer in diesen Momenten tauchte der Wunsch in mir auf, einfach mit Fina tauschen zu können.

Der Blick aus dem Fenster zeigte mir, dass ein paar wenige Schneeflocken gefallen waren. Es lag eine dünne Schicht Puderzucker in der kalten Nacht. Der Tag nahm seinen normalen Lauf. Und da ich sonntags keinen Dienst hatte, begann für mich an diesem Samstag um 11 Uhr das Wochenende. Also nach der Arbeit nichts wie nach Hause, lecker frühstücken und ein wenig von der Arbeit abschalten.

Da Fina ihrem Alter entsprechend nicht mehr gern weit ging, war sie morgens mit meinem Mann nur eine kurze Runde gelaufen. Der größere Mittagsspaziergang war dann mein Job. Zum Glück war der

Park nicht weit weg. Und so schnappte ich mir gegen 13 Uhr die Leine und los ging es mit Fina.

So gern ich auch mit Fina spazieren ging, bei fiesen null Grad und leichtem Nieselregen machte es einfach keinen Spaß. Fina gefiel es auch nicht wirklich. Aber, an diesem Mittag sollte sich mein Leben ändern ...

Direkt hinter der Autobahnbrücke ging es rechts rein in den Park. Dort, wo der Spaziergang im Wald beginnen sollte, dort endete er in dem Moment, in dem Fina und ich um die Ecke bogen. Etwa 15 Meter von uns entfernt stand ein Weidenkorb. Mehr nicht. Die Öffnung des Korbs lag in der von uns abgewandten Richtung. Ich konnte also nicht sehen, ob er leer war oder nicht. Ein kurzes, überraschtes Stehenbleiben und der Spruch zu Fina „Schnecke, das sieht nicht gut aus." Dann das Umrunden des Korbes und durch die Gittertür schauten mich zwei bernsteinfarbene Augen an. Es folgte ein herzzerreißendes Miauen in die Stille hinein, in dem das ganze Katzenelend lag.

Dieses nasse, vor Kälte zitternde Häufchen Elend schoss seinen Pfeil direkt in mein Herz. Ich sprach also wieder zu meinem Hund: „Sorry Schnecke, aber der Spaziergang ist schon wieder zu Ende." Und so ging es mit Fina an der einen Seite und dem Weidenkorb an der anderen nach Hause. Der Heimweg dauerte etwa 10 Minuten. 10 Minuten, in denen sich in meinem Kopf die Gedanken überschlugen.

Die wichtigste Frage war nun, was mache ich mit der Katze? Bis zu diesem Zeitpunkt war ich überzeugter Hundemensch. Von allein wäre ich nie auf die Idee gekommen, eine Katze zu mir zu nehmen. Ganz zu schweigen von Fina, die außer vom Hinterherjagen noch nie Kontakt zu einer Katze hatte. Natürlich war auch der Gedanke da, die Katze ins Tierheim zu bringen. Das brachte ich dann aber nicht übers Herz und einen Versuch, die Katze zu behalten, war es in jedem Falle wert. So stellte ich, als wir zuhause waren, den Korb einfach mitten ins Esszimmer auf den Teppich, damit sich Hund und Katze beschnuppern konnten.

Mein Mann war nicht da, sodass ich die beiden allein lassen musste, während ich zum nächsten Baumarkt düste, um die wichtigsten Sachen zu kaufen, die eine Katze so braucht. Ich wollte schnell wieder zurück sein, um Fina und die Katze nicht länger als nötig allein zu lassen.

Meine Sorgen waren völlig unbegründet. Denn als ich wieder nach Hause kam, war alles okay. Fina lag entspannt auf dem Boden und die Katze hockte ruhig in ihrem Korb. Ich packte die Sachen, die ich im Baumarkt gekauft hatte, aus und dann kam der spannende Moment: Ich ging zum Korb und öffnete das Türchen. Heraus kam ein schwarzer Kater mit weißer Brust und weißem Bauch. Er wurde von meinem Tierarzt auf etwa ein Jahr geschätzt. Fina und Bärchen haben sich von Anfang an gut vertragen, als wäre es das Selbstverständlichste von der Welt. Später haben die beiden sogar aus einem Napf gefressen.

Ich sage immer gern, Fina hat sich ihren Nachfolger selbst ausgesucht. Denn leider mussten wir sie im

Herbst desselben Jahres mit 16 Jahren in den Hundehimmel gehen lassen. Seit diesem Tag im Februar bin ich nicht mehr nur Hundemensch, auch meine Liebe zu den Samtpfoten ist riesengroß.

Nachtrag:

Diese Geschichte ist nun 11 Jahre her. Fina war damals mein letzter Hund, da drei Jahre später mein Mann verstarb und als Single mit Job hätte ich einem Hund nur schwer gerecht werden können. Seit dieser Zeit habe ich mein Leben mit fünf Katzen geteilt. Bärchen ist inzwischen 12 Jahre alt und es geht ihm gut. Zur Zeit hat er eine etwa gleichaltrige Perser-Mix-Dame namens Einzahn an seiner Seite.

Da ich immer wieder Katzen aus dem Tierschutz oder einen Wanderpokal hatte, musste ich drei von ihnen leider viel zu früh in den Katzenhimmel entlassen. Jedes Mal geht ein Stück meines Herzens mit, aber es schafft es zum Glück immer wieder, sich zu verlieben. In Menschen und auch in Tiere. Auch ich habe wieder einen liebenden Partner gefunden, dank seines Hundes. Er geht mit ihm regelmäßig auf eine große Hundefreilauffläche, die ich mir gerne ansehen wollte und so fing es an ... also wie im guten Film, mit Happy End.


Erlebt und geschrieben von Anita B. H.

## KRÜMEL & PIA.

Krümel hat mich 1998 ausgesucht. Ich war im Tierheim in Zollstock und hielt schon seit über einem Jahr Ausschau nach einem Hund. Warum? In den 90er Jahren war es schwierig, einen Hund zu finden, der zu mir und meinem Leben passte, da in den Tierheimen meist Listenhunde lebten. Zudem gab es damals noch den Dackel meiner Eltern. Und der hätte es nicht akzeptiert, wenn ein zweiter Hund gekommen wäre. Aber im Jahr 1998 war es dann endlich soweit, mein Hund konnte kommen.

Es war Liebe auf den ersten Blick, als ich den kleinen Collie-Terrier-Mix im Tierheim entdeckte. Ich durfte ihn zu einem Spaziergang mitnehmen. Als ich ihn danach zurück ins Tierheim brachte, sagte sein Blick bereits alles und es war völlig klar: Dieser Hund hatte mich adoptiert und ich nahm ihn.

Krümel und ich hatten dann 14 wunderbare Jahre miteinander. Er war ein richtiger Rabauke. Was ich von ihm gelernt habe? Sich mit allem Charme einfach das zu nehmen, was einem gut tut. Wenn er spielen wollte, hat er das gefordert. Wenn er schmusen wollte, hat er das gefordert. Wenn er in Ruhe gelassen werden wollte, hat er das sehr deutlich gemacht. Von ihm habe ich gelernt, im Augenblick, im Hier und Jetzt auf mich und meine Bedürfnisse zu gucken. Und das hat mir sehr geholfen.

So war es natürlich ein schwerer Schritt, als Krümel Weihnachten 2013 eingeschläfert werden musste. Nachdem er vorgelaufen war, wollte ich ihn im Garten des Notels – einer Notschlafstelle für Drogenabhängige, die ich leite – beerdigen. Krümel gehörte für mich einfach zu diesem Ort und in dieses Haus. Denn er war nicht nur mir ein treuer Begleiter, sondern er hatte auch an den Drogenabhängigen wertvolle therapeutische Dienste getan. Krümel war immer an meiner Seite, auch wenn ich in die Kirche in Maria Lyskirchen ging. Und so gab es kurz die Idee eines Gemeindemitglieds, ihn doch im dortigen Pfarrgarten zu beerdigen. Ich entschied aber dann, dass Krümel zum Notel gehörte. Denn der Garten des Notels war sein Garten. Wir beerdigten ihn im kleinsten Kreis. Und als Zeichen der Gemeinde Maria Lyskirchen wurde ein Wacholderstrauch der dortigen Krippe auf Krümels Grab gesetzt. Das war für mich eine ganz runde Sache, zumal Krümel so zufrieden und entspannt aussah. Für mich war es etwas ganz Besonderes, meinen Hund nach 14 Jahren der Mutter Erde geben zu dürfen.

Eigentlich hatte ich mich noch zu Lebzeiten von Krümel dazu entschieden, „vernünftig" zu sein und erst einmal keinen neuen Hund zu mir zu nehmen. Dies wollte ich erst tun, wenn ich in Rente gehen würde. Meine Meinung änderte sich jedoch schlagartig, als meine Freundin Anja im Alter von 48 Jahren die Diagnose „Lungenkrebs" bekam. Inzwischen ist sie gestorben, aber damals war davon noch keine Rede und es gab noch sehr viel Hoffnung. Aber für mich wurde mit dieser Diagnose klar, dass ich nichts auf die Rente verschieben wollte ...

Ja. Und dann hatte ich noch Medikamente von Krümel, die ich ins Tierheim Zollstock brachte. Dort lebten zu dieser Zeit nur sehr wenige Hunde. Diese waren groß und alt. Dies erzählte ich in der Notschlafstelle beim Frühstück. Da ich einen jungen Hund zu mir nehmen wollte, brachten mich meine Kollegen auf die Idee, mich erst einmal online bei verschiedenen Tierschutzvereinen und Pflegestellen umzuschauen. Und so entdeckte ich eine Podenco-Hündin, die mir direkt so ein bisschen unter die Haut ging. Mir wurde schlagartig klar, der Nachfolgehund von Krümel konnte nur eine Hündin sein. Dieser alte Platzhirsch mit seinen Besitzansprüchen an mich, er wäre mir nachts erschienen, wenn ich einen Rüden zu mir genommen hätte. Und so war klar, es kam nur eine Hündin infrage. Mädels durften sich bei ihm nämlich immer alles erlauben. Rüden hingegen hatte er schon sehr klar gemacht, wer bei mir welche Stellung hatte und wer bei mir die erste Geige spielte.

Ich fuhr dann erst einmal für ein paar Tage nach Holland in den Urlaub. Da waren nur Leute mit Hund und meine Entscheidung stand fest, wenn ich zurück in Köln sein und diese Hündin immer noch da sein würde, werde ich aktiv. Und ich hatte Glück, die kleine Podenco-Hündin aus Mallorca war noch auf der Pflegestelle. Natürlich habe ich mich sofort auf den Weg zu ihr gemacht. Wir haben uns gesehen und es war völlig klar, wir starten den gemeinsamen Weg. Als ich sie bekam, hatte sie einen unaussprechlichen, spanischen Namen. Deshalb habe ich nach einem neuen Namen für sie gesucht. Im Rennen waren die üblichen wie Diva und Cleopatra. Aber dann fiel mir ein, dass mein Teddy, der bei mir auf dem Sofa sitzt, Pius heißt. Und so gab ich meinem kleinen Podenco-Mädchen den Namen Pia.

Der Name passt wunderbar zu ihr. Denn Pia hat eine zurückhaltende Vornehmheit.

Nachdem ich Pia von ihrer Pflegestelle abgeholt hatte, sind wir direkt nach Köln gefahren und ich hab' sie im Notel aus dem Auto gelassen. Sie ist gleich in den Garten und zielstrebig zum Grab von Krümel gelaufen. Dort schnupperte sie herum und hat dann feierlich auf sein Grab gepinkelt. Krümel und ich – glaub ich – grinsten beide. Mir war völlig klar, dass Krümel mit diesem wunderbaren Mädchen einverstanden war. Seit diesem Tag lernen Pia und ich voneinander. Ich denke, das wird auch nicht aufhören.

Pia ist ein zurückhaltender Hund. Wenn ich laut werde, das mag sie überhaupt nicht. Sie ist hoch sensibel und sie fordert Seiten von mir, die ich vor ihrer Zeit seltener gebraucht habe. Pia ist eine echte Schmusebacke. Auch da war Krümel anders, eher zurückhaltend und bisweilen etwas rüpelhafter. Er grenzte sich ab. Aber in dem Lebensabschnitt, in dem Krümel mich begleitete, war das genau richtig für mich. Und so wie damals mit Krümel passt Pia jetzt wunderbar in mein Leben. Sie tut mir mit ihrer unglaublich zurückhaltenden Präsenz einfach unendlich gut. Pia ist jetzt drei und ich hoffe, wir haben noch viele tolle Jahre miteinander.

„Unser Coach" Robert sagte mir im Einzelunterricht sehr schnell: „Na, in der Hundeausbildung kommt man an seine eigenen Themen, nicht?" Und was die Konsequenz des Übens angeht, hielt er auch mit seinem Paradespruch „Luft nach oben ist immer ..." nicht hinter dem Berg. Aus diesem Grund lassen Pia und ich uns immer wieder auf neue Lernprozesse ein. Und auch das ist ein ganz gravierender Unterschied zu meiner Zeit mit Krümel. Mit ihm musste ich immer wieder klären, wer bei uns Chef im Ring ist. Das ist bei Pia nicht nötig. Manchmal denke ich, wenn es dir wichtig ist, der Chef zu sein, dann sei es. Mit dem Pinkeln auf das Grab hat Pia deutlich gemacht, dass sie jetzt zu mir gehört und dass Krümel weiterhin Teil unserer kleinen Familie ist. Und weil Mädels sich bei Krümel immer alles rausnehmen durften, bin ich mir sicher, dass er überhaupt kein Problem damit hat, wenn Pia bei ihm pieselt.

Erlebt und erzählt von Bärbel Ackerschott, *1957, Sozialarbeiterin

## ERNTEZEIT.

Wer von uns erfreut sich nicht am Anblick spielender Hunde, Katzen oder Fuchswelpen?

Sicherlich zählt sich die große Mehrheit aller Menschen zu denen, die Tiere lieben. Trotzdem haben immer mehr Menschen einen Hund, eine Katze oder einen Fuchs im Nacken. War es noch vor Jahren verpönt, Pelz zu tragen, hat sich dies mittlerweile geändert. Nahezu 30 Prozent der deutschen Konsumenten haben im vergangenen Herbst und Winter Kleidungsstücke mit Pelzbesatz gekauft. Verarbeitet werden die Pelze an Jacken, Mänteln, Schuhen, Stiefeln, Mützen, Handschuhen und Pullovern. Im unteren und mittleren Preissegment bestehen diese Pelzapplikationen fast immer aus dem Fell von Kaninchen, Hunden oder Katzen. In höheren Preisbereichen werden häufig auch Füchse oder andere Pelztiere zu modischen Bekleidungsstücken. Die Fabrikanten dieser Bekleidung und die Modelabels, die diese Bekleidung vertreiben, müssen den Echtpelz nicht deklarieren. Und um den Konsumenten über diese Tatsache hinwegzutäuschen, werden Fantasienamen kreiert, z. B. Loup d'Asie (Hund), Gaewolf (Hund), Bio-Wolf (Hund), Corsac Fox (Hund), Lili (Katze), Maopee (Katze), Goyangi (Katze) etc. Die Modelabels nutzen über 70 dieser Fantasienamen.

Warum Echtpelz? Für Modehersteller sind diese Echtpelze billiger als Web- oder Kunstpelze! Sie müssen wissen: Nur Bekleidungsstücke, die als

Kunst- oder Webpelz (Fake Fure) ausgezeichnet sind, enthalten kein Fell von Tieren. Erntezeit nennen die Pelztierzüchter das massenhafte, blutige Abschlachten. Allein für den Modemarkt in Deutschland werden auf dem asiatischen Kontinent in jedem Jahr hunderttausende Tiere umgebracht. Das Leben der bedauernswerten Tiere in den Pelzfarmen ist voller Qual und Entbehrungen. Die Tötungsmethoden sind unfassbar grausam. Und jedes Jahr werden aufs Neue modebewusste Menschen in den Herbst- und Wintermonaten liebevoll mit ihrem Hund umgehen und gleichzeitig ein Bekleidungsstück mit Pelz tragen ...

Bitte verzichten Sie auf Bekleidung mit Pelzbesatz. Informieren Sie Ihre Familie, Ihre Freunde, Ihre Kollegen und Bekannten über dieses blutige Gewerbe. Weitere Informationen zu diesem Thema finden Sie auf den Webseiten www.kunstpelz-ist-echt.de und www.gelabelt.de

Recherchiert und geschrieben von Robert Langer & Christine Reichmann

## TÄTZCHEN.

Oder wer ein krankes, verletztes oder hilfloses Tier sieht, ist von diesem Moment an verantwortlich.

Es war im Juli 2015, ich wollte bei schönem Wetter joggen gehen. Also sprang ich kurzer Hand in meine Laufsachen und machte mich auf den Weg. Nur wenige Fußminuten von meiner Wohnung entfernt, gibt es viele schöne Laufstrecken. Ich war nicht die einzige, die an diesem Tag Spaß an der Bewegung hatte. Und so waren außer mir, noch einige andere Spaziergänger, Radfahrer  oder eben Jogger unterwegs.

Aber was war das? Mitten auf meiner Laufstrecke, einem Teilstück, das geteert und für landwirtschaftliche Fahrzeuge befahrbar ist, saß reglos etwas kleines Schwarzes. Ich sah, wie andere Jogger an diesem „Bündel Etwas" einfach vorbeiliefen. Als ich näher kam, hörte ich noch, wie eine Joggerin sagte: „Ach, die läuft gleich weiter."

An dem „Bündel Etwas" angekommen, konnte ich es sehen: Es war eine schwarze, kleine, wenige Wochen alte Katze. Sie machte einen sehr geschwächten und verängstigten Eindruck. Und als ich versuchte, das Kätzchen zu berühren, um zu schauen, ob sie verletzt war, lief das Kätzchen panisch in einen Busch am Wegesrand. Dabei machte die Kleine sehr ungelenke  Bewegungen, gerade so als ob sie Schmerzen hätte und sich in einer Schonhaltung bewege.

Meine größte Sorge war jetzt, wie ich an die junge Katze herankommen konnte, ohne dass sie vor lauter Angst flüchtete. Denn eins war mir klar, dieses kleine Wesen brauchte Hilfe und ich war jetzt verantwortlich!

In solchen Situationen ist eine Freundin und Tierschützerin aus meiner Nachbarschaft immer eine gute Option. Ich rief sie also an und schilderte ihr die Lage. Es dauerte nur wenige Minuten und Christiane war vor Ort. Ruhig, geduldig und mit etwas Katzenfutter bewaffnet, konnte sie nach ca. 20 Minuten das Kätzchen in den mitgebrachten Tiertransportkorb legen.

Eine erste Sichtung zeigte, dass das kleine Kätzchen massive offene Wunden an allen vier Pfoten und Beinen hatte. Christiane erklärte sich wie selbstverständlich bereit, das Kätzchen in ihre Obhut zu nehmen. Bei mir konnte die Kleine leider nicht bleiben. Denn ich lebe mit zwei Jagdhunden zusammen und die sind nicht immer gut auf Katzen zu sprechen. Christiane leistete alles, was das Kätzchen jetzt brauchte: Regelmäßige Tierarztbesuche, Verbandswechsel und viel Nähe und Wärme, wenn es dem kleinen Kätzchen mal nicht so gut ging. Das bedeutete auch, dass die ersten Nächte für Christiane durch ihre kleine Patientin recht kurz waren.

Parallel sammelte ich Spenden für die Tierarztkosten. Und die waren nicht gering. Vier, höchstwahrscheinlich durch Säure verätzte Beine und Pfoten der jungen Katze brauchten viel Unterstützung durch den Tierarzt, einiges an Medikamenten und meterweise Verbandsutensilien.

Von Woche zu Woche ging es dem kleinen Kätzchen besser. Sie spielte und wurde durch kleine

Film-Trailer der Star aller Spender. Einige Monate später war die Kleine vollkommen genesen.

Eigentlich war Christiane nur als Pflegerin und Pflegestelle für das Kätzchen eingesprungen und wir suchten nach einer Familie für das Kätzchen mit den jetzt nicht mehr verletzten Tätzchen. Naja, ihr könnt es euch schon denken, das kleine Wesen ist heute eine ausgewachsene Katzendame und lebt nach wie vor und natürlich für immer bei Christiane.

Erlebt und geschrieben von Christine Reichmann

## GERETTET.

Es war vor drei Jahren im Hochsommer. 30 Grad im Schatten und viel zu heiß, um mit den Hunden spazieren zu gehen. Aber es nutzt ja nichts, die Hunde müssen ja trotzdem mal raus. Also habe ich meine damals noch fünf Hunde ins Auto eingeladen, um nur kurz runter an die Poller Rheinwiese zu fahren, die nur zwei Minuten von meinem Büro entfernt ist. Ich parkte unten an der Südbrücke, direkt vor der Wiese. So konnte ich alle Hunde ausschwärmen lassen, um mit ihnen danach schnellstmöglich wieder zurück ins kühle Büro zu fahren.

Schon beim Ausladen fiel mir ein brauner Labrador auf, der auf der Wiese hin- und herlief. Die Wiese und die Uferpromenade waren wegen der Hitze ansonsten menschenleer. Das kam mir schon komisch vor, aber ich dachte immer noch, da muss ja jeden Moment jemand um die Ecke kommen, zu dem der Hund gehört. Ich schaute rechts und links die Wiese runter, aber es war weit und breit kein Mensch zu sehen. Der Hund war nun oben auf der Uferpromenade angekommen und näherte sich immer mehr der Stelle, an der ich mit meinem Auto stand. Leider fing der Hund dabei auch an, kreuz und quer über die Alfred-Schütte-Allee zu laufen. Es war zwar nicht viel Verkehr, aber die LKW des naheliegenden Schrotthandels bretterten trotzdem ab und zu vorbei. Ich bekam Angst, dass der Hund noch überfahren werden könnte und mittlerweile war auch klar, dass er offensichtlich sein Herrchen oder Frauchen verloren hatte.

In der Sorge, dass er sicher nicht auf Zuruf zu mir kommen würde, rief ich trotzdem nach ihm und – oh Wunder! – er kam sofort und sprang wie selbstverständlich durch die geöffnete Tür auf den Rücksitz meines Autos und sah mich erwartungsvoll an. Jetzt hieß es, schnell sein. Denn im Auto war es heiß und ich musste ja noch meine Hundis einsammeln, die in der Zwischenzeit gemütlich vor sich hin geschnüffelt hatten. Zum Glück war es auch ihnen zu heiß und sie kamen zügig ans Auto zurück, um sich wieder einladen zu lassen. Natürlich mussten alle hinten im Kofferraum sitzen, da ich ja nicht wusste, wie der Labbi auf so engem Raum auf andere Hunde reagieren würde.

Auf der Fahrt zum Büro rief ich meine Mitarbeiterin an, sie möchte bitte sofort mit einem Napf Wasser vor die Tür kommen, damit der arme Kerl erstmal trinken konnte und damit sie mir beim Ausladen meiner eigenen Hunde helfen konnte. Denn ich hatte mich entschlossen, den Hund ins Tierheim nach Dellbrück zu bringen, da er kein Halsband und somit weder Telefonnummer noch Tassomarke trug. Das Tierheim Dellbrück war mir von vielen Sommerfesten und Veranstaltungen bekannt und ich war mir sicher, dass er dort erst einmal gut aufgehoben sein würde.

Auf der Fahrt dorthin habe ich den Neuzugang telefonisch angekündigt. Denn ohne Halsband musste man mir helfen, ihn vom Auto ins Tierheim zu bringen. Derweil saß der Streuner hinten ganz brav auf dem Rücksitz, als ob er ständig mit mir Auto fahren würde.

Am Tierheim angekommen, ging alles ganz schnell. Ein Tierheimmitarbeiter kam mit einem passenden Halsband und einer Leine zum Auto und der liebe Kerl ließ sich problemlos in den vorbereiteten Zwinger führen. Dort wartete schon ein schattiger Liegeplatz mit sauberer Decke und einem Napf kühlem Wasser. Man bat mich, meine Personalien und Telefonnummer da zu lassen, falls man den Besitzer ausfindig machen würde und dieser sich bedanken möchte.

Schon am nächsten Tag erreichte mich ein Anruf des Tierheims, dass man die Besitzer über die Chipnummer gefunden hatte und diese ihren Hund bereits überglücklich abgeholt hätten. Überglücklich, weil sie ihren Hund nämlich für tot gehalten hatten, ertrunken im Rhein. Sie erzählten, dass ihr Hund eine Wasserratte sei und das Schwimmen im Rhein zu seinen Lieblingsbeschäftigungen zähle. An dem Tag, an dem ich ihn später gefunden hatte, sei er aber zu weit raus geschwommen, in einen Strudel geraten und mit der Strömung abgetrieben worden und irgendwann hätten sie ihn nicht mehr sehen können und wären überzeugt gewesen, dass er ertrunken sei.

Ja und dann kam der Anruf des Tierheims wie die Erlösung. Ihr Hund lebte und war in Sicherheit. Was muss in der Zwischenzeit in diesen Leuten vorgegangen sein? Welche Ängste hatten sie ausgestanden? Und welche Vorwürfe hatten sie sich vielleicht auch gemacht? Ich freute mich natürlich riesig, dass der Hund wieder zu Hause war und dass ich dabei helfen konnte, dass alles so schnell über die Bühne gegangen war.

Einen Tag nach dem Anruf des Tierheims kam ich von einem Geschäftstermin wieder zurück ins Büro und sah einen großen Blumenstrauß auf meinem Schreibtisch. Meine Mitarbeiterin erzählte mir, dass zwei Herren da waren und sich bei mir dafür bedanken wollten, dass ich ihren Hund gerettet hatte. Sie hätten ganz liebe Grüße ausrichten lassen und ich hätte sie zu den glücklichsten Menschen der Welt gemacht, weil ich ihnen ihren tot geglaubten Hund wieder zurückgebracht hatte.

Wie sagt man immer so schön: Man soll die Hoffnung nie aufgeben. In diesem Fall hat es sich glücklicherweise bewahrheitet.

Erlebt und erzählt von Sonja Dawid, Kauffrau, Mehrhundehalterin

## PASTURE SHARKS.

Lena stood centre-stage, and rightfully so. All this, the day, the attention, the moment, it was all about her. She didn't betray any signs of stage fright, and I was impressed, as she was surely consumed by it. After all, the afternoon performance was a play about life and death.

There she stood, barefoot on the low bulge in the slope of the ascending meadow, next to whom she knew was boss. But the boss would no longer help her, she knew what was coming, and in a moment or two she'd run for her naked survival. And yet, no heavy breathing, no treading on the spot, only the slow, seemingly calm bending of her long, curved neck as she peered from corner to corner, reflecting the hatred and the murder in mind with mildest posture.

Lena was barefoot, and so were the others, because of the slope in the midst of which she now stood. The property was large, not a full hectare, but large, framed to all sides by foliage and trees, with a power pump hidden beyond a tall fence at the upper end, a bathtub filled with drinking water, and a pair of wooden bars serving as a gate at the lower end by the road. It was here, on the patch of even ground, all grass since long trampled away, where the problem became, on days like this, the most visible.

The slope wasn't steep, but the soil underneath turned lava-like and unsupported under heavy rain, and any request for proper drainage regularly met some good old stone-walling on behalf of the hostile landowner, who perhaps himself was not fully learned about just why he felt to be antagonising. Hence the beautiful spot would turn into a swamp whenever the gods cried, and normally the repeated delay would be answered by a silent meal we made of our livers, as when the four were running here they did so leisurely.

The three, since lately. There had been turmoil within their small kingdom. The king had died, a truly majestic giant, strong, wise and of an authority to be relied on. Heart failure. He'd been replaced and couldn't be replaced by Caliban, before my time, whose name did not precisely suit him. Caliban was weak and nervous, not a leader, and, the distance in time may allow me to state it, rather slow and dull in mind. To me he was a shining beauty, and beauty it is to us, but beauty is not the same amongst them, and beauty be not what really counts. The larger of the ladies-in-waiting grew increasingly impatient, from impatience grew frustration, from frustration anger, and a lady this large, this strong, may pose a danger. When she had left, it was then when Lena had arrived.

And she'd arrived in the rain. And the rain she'd brought seemed to like her. And so rainy Lena, unwelcome to the kingdom by natural default, was the bar by which the tension grew.

'We cannot put them out there,' Boss said worryingly. 'In that mud, it'll tear the irons out.'

It was likely, yes. This time they would not idly trot or gallop, for they were readied for war. And in the heat of the emotions the mud could rip away their iron shoes and leave these royal beasts torn and lame. Which is why for several days we had walked them in a straight line, with Lena as the tail, while inside their boxes they would scarcely tolerate her presence. Walking them we could feel their growing anger in in the muscles of our arms, ever harder with each day, waiting for the rain to subside. Until, finally, Boss threw out her arms and shouted, 'call the blacksmith!'

If you happen to be a horse and are asked to join a new herd, you being the new one, that is, you won't look forward to the initiation. You'll be driven to it, since a horse needs a herd, but you won't like the beginning of your entering. You won't be welcome. You won't be welcome at all. So much not that the established members would rather kill than admit you.

If you happen to be a lucky horse, born free, that is, the process of joining looks like following: you'll approach the herd. The herd will try to kill you. Kill you, mind you, not merely chase you away. It only is a mere chase because you have ample space into which to escape, the world, that is, at least in principle. But when it comes to serious matters a horse that is a real horse means business. It talks black and white. It doesn't talk in maybes and perhaps. The language of a horse is crystal-clear to those who speak it, and for it to mean it, it must really mean it. If you would stay, naïvely awaiting this bulk of muscles, hooves and teeth that speeds towards you, you'd die. So you run for your life. You run, intruder, until out of sight.

And you come back. Because. A horse needs a herd. And you'll come back again and again, and slowly, gradually, feelings will adjust, you'll be a stranger less and less. And this process can take days.

The herd of four, soon to be four once more, we cared for, they were half-lucky. Captives, yes, and from birth, but never had they'd seen a saddle. Never had they been fully trained. Never had there been an attempt to turn them into pets. There's but one way to turn a horse into a pet, and next time your rich child demands one as a birthday present, first make it a trip to a place where this is happening. It's a shadowy place, hidden from awareness, and your birthday present will be shock, if not outright trauma, a trauma that won't match the one by which these heavenly creatures are subdued.

Our half-luckies had never been subjected to the English style of riding. Try it on horses like these. Or rather, why not jumping right into the ditch yourself, it's less painful. In English riding the bridle is always kept tense, even if only slightly so, creating an impulse to keep or even walk back, while the riders heels are kept at the horse's flanks, a driver to go forward. Two opposing impulses enacted on the horse simultaneously. Which is explanation enough for horses in these stables near exclusively consisting of depressed and outright crazy individuals.

Our four, soon to be four again horses could be ridden, and you rode them with your buttocks and your lower spine. They needed no extra impulse to go forward, for they rather did than stand. True riding is an arrangement, and your legs have little business there, and the bridle is there for need alone. The herd served therapy, from mild to more severe disabilities, and Boss kept saying that no good therapy could come from crazy horses. Thus we had four distinctive personalities to deal with, and dealing we had to indeed, keeping us alert at all times, with work beginning at 7 and ending at 6. There was, or would be, Pinto Lena, soft and gentle, there was Caliban, big, coloured like a fox and touchy like a diva. There was Diana, 2nd in command after Boss, but with an extra pair of legs. Smallish, white and old, grumpy, weathered and learned, a born alpha. Not that there are any others. And there was Danish Lucie.

Lucie was everyone's favourite, if truth be told. Freckled and adjourned with red mane and tail, an upper lip because of which we'd had to change the lock at her box, cheeky, smart and easily bored, thus always on the search for an opportunity to commit some new nonsense. Her name sounded constantly around the stables, as she liked begging for treats, scratching the concrete like a courtier, which can easily wear off a hoof. She would untie my shoelace when I was riding Diana next to her, she would pinch you out of jest, which I recommend not to allow, and one day, suspected of colic and walked around the stables to ease her stomach and intestines, before tentatively led back into her box for observation, she clearly started faking it, for she just loved all the attention.

We had become accustomed to their personalities to how to deal with each of them accordingly to those.

The species had met, and they were working together, and confidence, in both senses of the word, was stable on either side. I had ridden and walked them many times. I loved their smell. I loved their sight.

And on that rainy day I'd soon come to wonder how I could have ever managed these great beasts.

A half-lucky horse cannot escape into the world. Its world measures less than a hectare. Its world has four corners into which it could, and would, be driven, have its flesh torn out and its body beaten to death. Four of us stood in those corners, three with a fuming member of the herd. Boss stood in the middle, Lena at her side. The horseshoes had been taken off, and we'd been instructed to, once the horses were released, raise our arms whenever the bunch would near a corner and let instinct do the rest.

I was with Lucie. Lucie was engaged in her courtier's routine, but not for begging. She did not breathe the air, she puffed it. She was ready to go. They all knew the procedure, as if having been schooled in it. Our hands were at the halters' buckles. Then, on Boss' signal, we released, all at the precise same moment.

Lucie was a prospective alpha. She was young, much younger than old Diana, so her rank was low. A prospective alpha does assume, though, knows deep down, so she'd always try it with the leader. She would try with us, too. The arrangement with Lucie involved her always trying, first thing, and us having to show her not to, all a matter of a second, and for Lucie mainly reassurance. How important it was for her to be with someone knowing his or her way I'd learned early, when I still didn't know how: she grew impatient, angry, then un-backed me. Hence, again, rather step into that ditch voluntarily. One day off for all of us, the four would be out unless it rained, we'd come to change the water and found Lucie's brow signed by Diana. We measured the horseshoe-print, it had undoubtedly been Diana. Lucie must have tried a thing again and got a slap for it. The vet came, just to make sure all was good, which it was. Would a human receive a kick like this, he would be lucky if he wouldn't live. Horses do look strong, and they're much stronger.

As they were released now, Lucie didn't at once sprint towards the centre of the meadow, but first headed for Diana. The old mare flicked a single ear to the side of her head, and Lucie changed course. Just trying. Even in the heat of this battle. Jeez, Lucie.

But those ears, three pairs, were now all flattened and invisible, and all teeth were bared. Necks stretched forward, and those teeth, they no longer looked liked horses. The ground literally shook. This wasn't mere motion. This was explosion. I'd never before or after witnessed such erupting power. It could only be matched by a tsunami, earthquake or volcano. A little later into this spectacle, and my eyes fell on my fellow corner guards, and I understood their faces to be mirrors, and shut my mouth.

Muscle mountains, fox and white and speckled and red mane, and white and fox, breaking over the grass, slipping in the mud, boxing through the rain like thunder. And they wanted to kill, they wanted murder.

Every now and then they paused, with Lena in the middle by Boss' side, the three of them in some distance, as if the match bent to a set of rules. Panting they stood, collecting their strength. And it was Lena, again and again, breaking away from her protection, and seeking out the herd. A few steps into that direction, and off they went again, into this brutal, awesome chase.

And us in the corners? We trusted Boss, and sure enough, it worked. We'd raise our arms every time the thundering bulk would move towards a respective corner, and they'd shear off, as if they were a swarm of fish.

This went on for four days until the first minute signs for a beginning acceptance were detected. From then on, perhaps my memory just makes it seem so, it went quickly into full admission. The war was over, the tension died, and as she'd clearly become one of them – the darn rain ceased. Had I not had a deep respect for them already, this unleashing of the purest power would have taught me some.


*Coda for a herd*

Lena had come to us as a young horse. At a particular age the food is changed, and the horse tends to gain some weight for a time. Ever insatiable Lucie had – somehow – maintained this bulge, what can you do. Lena had reached that stage and, predictably, now developed this girth.

'She's really getting a little too fat,' Boss observed with a frown. Just to be sure the vet was called for. He was on vacation, so a sub came instead. He examined Lena and concluded that everything was okay. Food-change? Food-change. There you go.

Soon after, it was a weekend, me and one of the other boys entered the meadow from the top to change the water, and at first we thought we had miscounted. We hadn't. And then there were five.

A newborn fowl has only a few moments to get its bearing, to secretly complain, or whatever you do as a newborn. Horses are escapists, and they can't afford sticking around on one spot in order to protect their offspring from predators, so a horse arriving newly in this world is able to run from the get-go. It is able to run, and it is able to reach the milk-source, and so a fowl looks somewhat grotesque, with a tiny newborn fowl-body and legs almost as long as that of an adult.

And running he did. His mother was a fox-white Pinto, his fur was dyed in black and white, with a delicate, baroque black veining extending into one larger field of white. I'd later meet the stallion who'd undoubtedly been his father, most definitely the most majestic creature I've ever seen, huge for a Pinto, like his son black and white, his face long and slightly curved like that of an Arab horse, authority radiating from him even when he stood in seeming contemplation, more beautiful a being cannot be.

His son now ran towards us, and that day marked

one of the happiest to follow, with every morning beginning with sunlit dew on the grass and a fowl literally running into our arms.

The four, now five, the four adults were now not only herd, but family, with each member fulfilling their respective roles.

Tender-minded Lena was a little less tender now, watchful with everyone approaching her child. We had to attend to her first, reassuring her before turning to her son. More rigorous she dealt with Caliban, the male, who had to be kept strictly away from the fowl.

She was helped in this by grandma Diana, only showing a tooth or two, and flattening an ear in his direction to accomplish the ban.

Diana flattened her other ear towards Lucie at times, who'd become the eager, clumsy aunt, filled with love for the child, all over her head with enthusiasm, and so clearly wanting one herself.

I would look at them, and wonder. Was there any memory of those four rainy days, when three had wanted to stomp the forth into the ground? I dare say, none.

And just right that is.


Erlebt und geschrieben von Daniel Cazard

## WEIDE-HAIE.

Lena stand in der Mitte der Bühne – und das zu Recht. Alles, der Tag, die Aufmerksamkeit, der Moment, es war alles ihrs. Sie ließ nicht das kleinste Anzeichen von Lampenfieber erkennen. Und ich war beeindruckt, weil es sicher vollkommen von ihr Besitz ergriffen hatte. Immerhin, die Nachmittagsvorstellung war ein Spiel um Leben und Tod. Sie stand da, barfuß auf einer kleinen Anhöhe des steilen Wiesenhangs, neben der, von der sie wusste, dass sie Boss war. Aber Boss würde ihr nicht länger helfen. Sie wusste, was kam. Und in ein, zwei Augenblicken würde sie um ihr nacktes Überleben laufen. Dabei, kein schweres Atmen, kein Treten auf der Stelle, nur das langsame, scheinbar ruhige Beugen ihres langen, gekrümmten Nackens, während sie in ihrer gnädigen Körperhaltung von Ecke zu Ecke schaute und über Hass und Mord nachdachte.

Lena war barfuß, so wie die anderen auch, wegen des Gefälles, in dessen Mitte sie jetzt stand. Das Grundstück war groß, kein ganzer Hektar, aber groß, von allen Seiten umsäumt von Laub und Bäumen, mit einer Motorpumpe, die hinter einem hohen Zaun am oberen Ende versteckt war, eine Badewanne gefüllt mit Trinkwasser und ein paar Holzbalken, die am unteren Ende an der Straße als Gatter dienten. Es war hier, auf diesem Fleck ebenen Grunds, wo alles Gras schon lange niedergetrampelt war, wo an Tagen wie diesen das Problem am offensichtlichsten wurde.

Das Gefälle war nicht steil, aber die Unterseite des Erdreichs war wie aus Lava gemacht und verlor bei starkem Regen ihren Halt. Aber jede Bitte um einen geeigneten Ablauf traf beim feindlich gesinnten Besitzer dieses Stück Lands regelmäßig auf eine Mauer des Schweigens. Dabei wusste er wahrscheinlich selbst nicht genau, warum er so feindlich gesinnt war. So entwickelte sich das hübsche Fleckchen nach und nach in einen Sumpf, wann immer die Götter weinten. Und wir konnten nichts anderes tun, als unsere Empörung darüber schweigend herunterzuschlucken, solang die vier nur gemächlich liefen.

Die drei, bis vor Kurzem. Es gab einen Aufruhr in ihrem kleinen Königreich. Der König starb, ein wahrhaft majestätischer Riese, stark, weise und von einer Autorität, auf die man sich verlassen konnte. Herzversagen. Er wurde ersetzt und konnte – vor meiner Zeit – doch nicht wirklich durch Caliban ersetzt werden, dessen Name nicht richtig zu ihm passte. Caliban war schwach und nervös, kein Führer, und der zeitliche Abstand mag es mir erlauben festzustellen, sehr langsam und matt im Geist. Für mich war er eine strahlende Schönheit, und Schönheit ist es für uns, aber Schönheit ist nicht dasselbe zwischen ihnen, und Schönheit ist auch nicht das, was wirklich zählt. Die größere der Hofdamen wurde zunehmend ungeduldig, aus Ungeduld wurde Frust, aus Frust Ärger, und eine Dame von dieser Größe, mit dieser Kraft kann eine Gefahr bedeuten. Als sie gegangen war, kam Lena.

Und sie kam im Regen. Und der Regen, den sie mitbrachte, schien sie zu mögen. Und so war Regen-Lena, in diesem Königreich unwillkommen durch ihre natürlichen Voraussetzungen – die Messlatte, durch die die Spannung noch größer wurde.

„Wir können sie nicht rauslassen," sagte Boss besorgt „in diesem Schlamm werden ihre Eisen herausgerissen."

Das war wahrscheinlich, ja. Dieses Mal würden sie nicht unbeteiligt traben oder galoppieren, sie waren bereit zum Krieg. Und in der Hitze der Gefühle konnte der Schlamm ihre Eisenhufe herausreißen und würde diese königlichen Biester verletzt und lahm zurücklassen. Darum sind wir tagelang mit ihnen gelaufen mit Lena am hinteren Ende, aber in ihren Boxen konnten sie die Anwesenheit von Lena kaum ertragen. Während wir mit ihnen liefen, fühlten wir in unseren Armmuskeln, wie ihr Verdruss immer größer wurde. Jeden Tag immer härter, während wir darauf warteten, dass der Regen nachließ. Bis Boss schließlich ihre Arme hochriss und rief, „Hol den Schmied!.

Wenn du ein Pferd wärst und gefragt würdest, ob du in eine neue Herde möchtest – wobei du das neue Pferd bist – dann wäre das etwas, worauf du dich nicht freuen würdest. Du würdest dich hingezogen fühlen, weil ein Pferd eine Herde braucht, aber du würdest deine Ankunft nicht mögen. Du würdest nicht willkommen sein. Du würdest überhaupt nicht willkommen sein. Und das so sehr, dass die bestehenden Mitglieder der Herde dich eher töten als akzeptieren würden.

Wenn du ein glückliches Pferd wärst, in Freiheit geboren, dann sähe diese Zusammenführung so aus: Du würdest dich der Herde nähern. Die Herde würde versuchen, dich zu töten. Töten, wirklich töten, dich nicht nur vertreiben. Es ist nur eine Jagd, weil du viel

Platz hast, um zu Fliehen, in die ganze Welt, im Prinzip. Aber wenn es zu einer ernsten Angelegenheit wird, meint ein Pferd, das ein richtiges Pferd ist, es wirklich ernst. Es spricht Schwarz und Weiß. Es spricht nicht in Vielleichts. Die Sprache eines Pferdes ist für die, die sie sprechen, kristallklar. Und was gemeint ist, ist gemeint. Wirklich gemeint. Wenn du, naiv auf diese Muskelmasse wartend, bleibst, Hufe und Zähne dir entgegen rasen, wirst du sterben. Deshalb renne um dein Leben. Du rennst, Eindringling, bis du außer Sichtweite bist.

Und du kommst zurück. Weil. Ein Pferd eine Herde braucht. Und du wirst wiederkommen. Wieder und wieder. Und langsam, Schritt für Schritt, werden sich die Gefühle ausgleichen, du wirst weniger und weniger fremd sein. Und dieser Prozess kann Tage dauern.

Wir kümmerten uns um die vierköpfige, halbglückliche Herde, die bald wieder zu viert sein würde. Gefangene, ja, und das von Geburt an, aber sie hatten nie einen Sattel gesehen. Sie waren nie voll trainiert worden. Nie hat es einen Versuch gegeben, sie zu Haustieren zu machen. Es gibt nur einen Weg, um aus einem Pferd ein Haustier zu machen. Und wenn dein reiches Kind sich das nächste Mal ein Pferd zum Geburtstag wünscht, führe es als erstes zu dem Platz, wo dies passiert. Es ist ein schattiger Platz, versteckt vor dem Bewusstsein, und dein Geburtstagsgeschenk wird ein Schock sein, wenn nicht gar ein Trauma. Ein Trauma, das nicht dem Trauma nahe kommt, mit dem diese himmlischen Geschöpfe unterdrückt werden.

Unsere Halbglücklichen wurden nie dem Englischen Reitstil ausgesetzt. Versuche es bei Pferden wie diesen. Oder spring lieber gleich selbst in den Graben. Das ist weniger schmerzhaft. Beim Englischen Reitstil wird die Trense die ganze Zeit auf Spannung gehalten. Und selbst wenn diese Spannung nur leicht gehalten wird, gibt sie den Impuls, stehenzubleiben oder zurückzugehen und das, während die Fersen des Reiters in die Flanken des Pferdes gedrückt sind, der Antrieb für das Pferd, vorwärts zu gehen. Zwei gegensätzliche Impulse wirken gleichzeitig auf das Pferd. Was Erklärung genug dafür ist, dass Pferde in diesen Ställen fast ohne Ausnahme depressive und verrückte Individuen sind.

Unsere vier bzw. bald wieder vier Pferde konnten geritten werden. Mit deinem Gesäß und deiner unteren Wirbelsäule. Sie brauchten keinen extra Impuls, um vorwärts zu gehen. Echtes Reiten ist eine Vereinbarung und dabei haben deine Beine so gut wie nichts zu tun. Und die Trense ist nur dafür da, wenn sie gebraucht wird. Die Herde diente als Therapie, von leichten bis hin zu schwereren Handicaps. Und Boss hörte nicht auf zu sagen, dass eine gute Therapie nicht mit verrückten Pferden durchgeführt werden könne. Wir hatten es mit vier unterschiedlichen Persönlichkeiten zu tun, und das hatten wir wirklich, wir mussten bei unserer Arbeit, die um sieben startete und um sechs endete, immer aufmerksam sein. Da war oder würde sein, die Schecke Lena, sanft und freundlich, da war Caliban, groß, gefärbt wie ein Fuchs und empfindlich wie eine Diva. Da war Diana, die zweite Herrscherin nach Boss, aber mit einem extra Beinpaar. Sie war weiß und alt, mürrisch, wettergegerbt und weise, das geborene Alphatier, nicht, dass es nicht noch andere gegeben hätte. Und dann war da Danish Lucie.

Lucie war ehrlich gesagt Everybody's Darling. Getüpfelt, mit roter Mähne und rotem Schwanz, mit einer Oberlippe, wegen der wir das Schloss ihrer Box austauschen mussten, frech, gewitzt, und leicht gelangweilt und deshalb immer auf der Suche nach einer Gelegenheit, um irgendeinen neuen Unsinn anzustellen. Ihr Name erschallte andauernd in der Nähe der Ställe, denn sie liebte es, um Leckerchen zu betteln. Dabei kratzte sie auf dem Beton wie ein Höfling, wobei sie sich fast die Hufe auszog. Sie machte meine Schnürsenkel auf, wenn ich auf Diana neben ihr ritt. Sie kniff dich aus Spaß, was ich empfehle, nicht zu erlauben. Und eines Tages als wir eine Kolik befürchteten und mit ihr um die Ställe herumgingen, um ihren Magen und ihren Darm zu beruhigen, bevor wir sie wieder vorsichtig in ihre Box zur Beobachtung zurückbrachten, fing sie ganz klar an, uns etwas vorzuspielen, weil sie es liebte, die ganze Aufmerksamkeit auf sich zu ziehen.

Wir gewöhnten uns an ihre Persönlichkeiten, wir lernten, mit jedem von ihnen individuell umzugehen. Die Arten trafen sich, und sie arbeiteten zusammen. Und absolutes Selbstbewusstsein und Vertrauen war auf beiden Seiten fest vorhanden. Ich hatte sie viele Male geritten. Ich liebte ihren Geruch. Ich liebte ihren Anblick.

Und an diesem regnerischen Tag begann ich mich darüber zu wundern, wie ich jemals mit diesen großartigen Biestern hatte zurechtkommen können.

Ein halbglückliches Pferd kann nicht in die Welt flüchten. Seine Welt misst weniger als einen Hektar. Seine Welt hat vier Ecken, in die es gedrängt werden könnte und gedrängt werden würde, die Haut zerfetzt und den Körper zu Tode geprügelt. Vier von uns standen in den Ecken, drei mit jeweils einem vor Wut schnaubenden Mitglied der Herde. Boss stand in der Mitte, Lena an ihrer Seite. Ihre Hufeisen waren entfernt worden und wir waren angewiesen, wenn die Pferde einmal freigelassen sein würden, unsere Arme zu heben und den Rest dem Instinkt zu überlassen, wann immer die Gruppe sich einer der Ecken nähern würde.

Ich war bei Lucie. Lucie war mit ihrer Höflingsnummer beschäftigt, aber nicht um zu betteln. Sie atmete nicht, sie schnaubte. Sie war bereit zum Start. Alle kannten die Prozedur, als wäre sie ihnen beigebracht worden. Unsere Hände lagen auf den Schnallen der Halfter. Dann, auf Boss' Signal, ließen wir sie alle genau im selben Moment frei.

Lucie war ein vorausschauendes Alphatier. Sie war jung, viel jünger als die alte Diana. Deshalb war ihr Rang niedrig. Ein vorausschauendes Alphatier stellt Vermutungen an, ist tief in seinem Innern wissend und so versuchte sie immer wieder, die Führung zu übernehmen. Sie versuchte es auch bei uns. Die Vereinbarung mit Lucie schloss diese permanenten Versuche mit ein und wir zeigten ihr, es nicht zu tun, was sie innerhalb einer Sekunde bestätigte. Wie wichtig es für sie war, mit jemandem zusammen zu sein, der seinen oder ihren Weg kannte, lernte ich früh, als ich noch nicht wusste wie. Sie wurde ungeduldig, ärgerlich und dann warf sie mich ab. Also noch mal, lieber freiwillig in den Graben treten. Einen Tag frei für alle von uns. Die vier würden draußen sein, es sei denn, es regnete. Wir kamen, um das Wasser zu wechseln und entdeckten Lucies Stirn, von Diana gezeichnet. Wir maßen den Hufabdruck. Zweifellos, es war Diana. Lucie musste ihr Ding immer und immer wieder versucht haben und bekam einen Schlag dafür. Der Tierarzt kam, nur um sicherzustellen, dass alles in Ordnung war und das war es. Würde ein Mensch einen Tritt wie diesen bekommen, hätte er mehr Glück, wenn er nicht mehr leben würde. Pferde sehen stark aus, aber sie sind noch viel stärker.

Als sie nun befreit wurden, sprang Lucie nicht sofort zur Mitte der Weide, sondern zuerst in die Richtung von Diana. Die alte Stute legte ein Ohr seitlich an ihren Kopf und Lucie änderte die Richtung. Und das war nur ein Versuch. Selbst in der Hitze dieses Kampfes. Um Himmels Willen, Lucie!

Aber diese Ohren, drei Paar, waren nun alle zurückgelegt und unsichtbar und alle Zähne waren gebleckt. Die Hälse waren nach vorn gestreckt, und diese Zähne – jetzt sahen alle nicht länger aus wie Pferde. Der Boden bebte förmlich. Das war nicht einfach nur Bewegung. Das war eine Explosion. Niemals zuvor habe ich eine derartig explosive Kraft erlebt. Man kann sie nur mit einem Tsunami, einem Erdbeben oder einem Vulkanausbruch vergleichen. Ein wenig später während dieses Spektakels fielen meine Augen auf meine Kameraden, die in den anderen Ecken standen und ich begriff ihre Gesichter als Spiegel und schloss meinen Mund.

Muskelberge – fuchsrot, weiß, gefleckt, mit roter Mähne, weiß, fuchsrot – brachen auf der Weide zusammen, stürzten in den Matsch, boxten sich durch den Regen wie ein Gewitter. Und sie wollten töten, sie wollten morden.

Hin und wieder stoppten sie, mit Lena in der Mitte an Boss' Seite, drei von ihnen in einiger Entfernung, als wenn der Wettkampf nach bestimmten Regeln bestritten würde. Sie standen keuchend, ihre Kräfte sammelnd. Und es war Lena, die wieder und wieder aus ihrem Schutz herausbrach und die Herde suchte. Ein paar Schritte in diese Richtung, und sie stürzten sich wieder in diese brutale, beeindruckende Jagd.

Und wir in den Ecken? Wir vertrauten Boss, und tatsächlich, es funktionierte. Wir hoben jedes Mal unsere Arme, wenn die donnernde Menge sich auf die jeweilige Ecke zu bewegte, und sie scherten ab, als wären sie ein Schwarm Fische.

Dies ging vier Tage lang so, bis sich eine beginnende Akzeptanz abzeichnete. Von da an, vielleicht scheint es mir aber auch nur in meiner Erinnerung so, ging dies schnell in eine vollkommene Anerkennung über. Der Krieg war vorbei, die Spannung starb, und als Lena ganz klar eine von ihnen wurde – hörte der verflixte Regen auf. Wenn ich nicht schon tiefen Respekt vor ihnen gehabt hätte, dieses Freisetzen reiner Energie hätte ihn mich gelehrt.

*Koda für eine Herde*

Lena kam als junges Pferd zu uns. Ab einem bestimmten Alter wird das Futter gewechselt und das

Pferd neigt dazu, etwas an Gewicht zuzunehmen. Die stets unersättliche Lucie hatte diese Zunahme – irgendwie – unterstützt, was soll man machen. Lena war in diesem Stadium angekommen und – wie vorherzusehen war – hatte sie diesen Umfang erreicht. „Sie wird wirklich ein wenig zu dick", bemerkte Boss mit einem Stirnrunzeln. Nur um sicherzustellen, wurde der Tierarzt gerufen. Er war im Urlaub, deshalb kam seine Vertretung. Er untersuchte Lena und stellte fest, dass alles in Ordnung war. Futterwechsel? Futterwechsel. Na bitte!

Kurze Zeit später, es war ein Wochenende, ich und einer der anderen Jungs kamen oben auf der Weide an, um das Wasser zu wechseln, und zuerst dachten wir, wir hätten uns verzählt. Aber wir hatten uns nicht verzählt. Und dann waren da fünf.

Ein neugeborenes Fohlen hat nur ein paar kleine Momente, um sich zurechtzufinden, sich heimlich zu beklagen, oder was immer du als Neugeborenes tust. Pferde sind Eskapisten, und sie können es sich nicht erlauben, an einer Stelle zu bleiben, um ihren Nachwuchs vor Feinden zu schützen, deshalb ist ein Pferd, das gerade auf die Welt gekommen ist, von Anfang an in der Lage zu rennen. Es kann rennen, und es ist in der Lage, die Milchquelle zu erreichen, und so sieht ein Fohlen irgendwie grotesk aus, mit seinem kleinen, neugeborenen Fohlen-Körper und Beinen so lang wie die eines Erwachsenen.

Und es konnte rennen. Seine Mutter war eine fuchsrot-weiße Schecke, sein Fell war in Schwarz und Weiß getaucht, mit einer zarten, barock-schwarzen Äderung, die sich in einem größeren Bereich von

Weiß verlief. Ich würde später auf den Hengst treffen, der zweifellos sein Vater war, ganz sicher die majestätischste Kreatur, die ich jemals gesehen hatte, riesig für einen Schecken, Schwarz und Weiß wie sein Sohn, sein Kopf lang und leicht gewölbt wie der eines Arabers. Er strahlte Autorität aus, selbst wenn er stand und so aussah, als würde er sinnieren. Kein Wesen kann schöner sein.

Sein Sohn lief jetzt auf uns zu. Und dieser Tag war einer der glücklichsten, von denen jetzt viele kommen würden. Jeder Morgen begann mit sonnenbeschienenem Tau auf der Weide und einem Fohlen, das uns buchstäblich in die Arme lief.

Die vier, nun fünf, die vier Erwachsenen waren jetzt nicht mehr nur eine Herde, sondern eine Familie, bei der jedes Mitglied seine Rolle erfüllte.

Die zart-gesinnte Lena war etwas weniger zart, wachsam bei jedem, der sich ihrem Kind näherte. Wir mussten uns, um sie zu beruhigen, zuerst ihr zuwenden, bevor wir ihrem Sohn unsere Aufmerksamkeit schenkten. Strenger ging sie mit Caliban, dem Hengst, um, der strikt vom Fohlen ferngehalten werden musste.

Dabei wurde sie von Oma Diana unterstützt, die nur ein oder zwei Zähne zeigte und ein Ohr in seine Richtung stellte, um dieses Verbot durchzusetzen.

Ihr anderes Ohr richtete Diana von Zeit zu Zeit auf Lucie, die eifrige, unbeholfene Tante, die voller Liebe und Begeisterung für das Kind war, wobei sie sich so sehr ein eigenes wünschte.

Ich schaute auf sie und wunderte mich. Dachte irgendeines von ihnen noch an diese vier regnerischen Tage, als drei das vierte in den Boden stampfen wollten? Ich wage mich zu sagen, nein.

Und das ist richtig so.


Erlebt und im englischen Original geschrieben von Daniel Cazard

## COOPER.

Der erste Familienhund ist immer etwas Besonderes. So war es auch bei uns. Wir entschieden uns für ein vierbeiniges Familienmitglied. Die Wahl fiel auf einen Bobtail von einem Züchter, der gerade Welpen hatte. Es wurde der Termin ausgemacht, um sich den Kleinen anzuschauen. Was wir zu diesem Zeitpunkt nicht wussten, wir mussten dazu bis nach Magdeburg. Aber kein Problem, ab ins Auto und hoch. Als wir ankamen wurden uns erstmal die Eltern gezeigt. Der Vater nahm fast den kompletten Türrahmen ein, was meine Mutter schon fast dazu verleitete, aus der Tür zu gehen, ins Auto zu steigen und wieder zu fahren. So groß hatten wir uns diese Art dann doch nicht vorgestellt. Aber als wir dann die kleinen Welpen sahen, war es um uns geschehen. Ich war im Himmel. So viele kleine tapsige Babys. Unsere Wahl fiel auf den zuletzt Geborenen: Cooper. Natürlich konnten wir ihn nicht direkt mitnehmen, denn er war ja noch viel zu klein. Also hieß es, heute erstmal beschnuppern und dann wieder nach Hause. Bis wir ihn abholen konnten, hielt uns die Züchterin immer auf dem Laufenden, wie es unserem kleinen Mann ging und schickte uns Bilder und sogar eine kleine Geschichte, wie sehr Cooper sich freut, endlich bei seiner neuen Familie zu sein.

Und dann kam endlich der große Tag. Es war kurz vor Weihnachten als wir den Kleinen holen fuhren. Die Freude war riesig! Alles war vorbereitet. Als wir zuhause ankamen, hatten wir erstmal Sorge, dass er den Weihnachtsbaum als Pippi-Baum benutzt. Was er zum Glück nicht getan hat. Aber das große Ding kam ihm schon ein wenig suspekt vor. Doch als er den Baum genug beschnuppert hatte, war es sogar ein Spaß für ihn, sich immer unter den Baum zu setzen, sodass man Angst haben musste, dass die Kugeln abfallen. Die erste Zeit war wirklich anstrengend. Aber auch schön. Die schönen Dinge überdeckten die Tatsache, dass er ja noch nicht stubenrein war und noch ganz oft raus musste. Aber das lernte er mit der Zeit. Schön war es, wenn ich hochkam zum Frühstücken und ich ihn erstmal kraulen musste. Er legte sich immer zwischen meine Beine und ließ mich dann auch nicht aufstehen. Hunde halt. Kraulen geht immer. Ich war damals noch sehr jung. Ich ging damals noch in die Grundschule.

Einmal kam meine Mutter mit Cooper zur Grundschule und ich habe mich so gefreut, dass ich vor Freude meinen Stuhl umgestoßen habe, weil ich es nicht abwarten konnte, den Kleinen zu streicheln. Als ich dann auf die weiterführende Schule ging, kam mich meine Mutter immer abholen. Irgendwann waren wir dann mal auf einer Tiermesse und wie das halt so ist, kam das nächste Tier ins Haus. Ein schwarzes Meerschweinchen namens Snoopy. Seitdem ließ Cooper sich nicht mehr von mir streicheln, ohne mich anzuknurren. Meine Eltern erklärten mir, dass Cooper eifersüchtig wäre, da er bis jetzt immer das einzige Tier gewesen sei. Aber die beiden zusammen waren das Süßeste, was ich je gesehen hatte. Cooper war der herzensbeste Hund, den man haben konnte. Er schlabberte Snoopy immer ab, sobald ich ihn zum Kuscheln aus seinem Käfig nahm. Er war auch nie böse. Lag vielleicht auch daran, dass Cooper keinen Jagdtrieb hatte. Ob er überhaupt einen Geruchssinn hatte, das bezweifle ich (natürlich positiv gemeint). Cooper war manchmal echt ein Schussel. Man konnte ihm die Leckerchen vor die Nase halten und er hat sie nicht bemerkt. Aber sobald es daran ging, mit mir Verstecken zu spielen, hatte er die beste Nase der Welt. Er fand mich immer. In der Wohnung versteckte ich mich entweder unter der Decke auf der Couch oder hinter der Wohnzimmertür. Wenn ich unter der Decke lag und er mich fand, fing er immer an zu bellen, um mir zu sagen, dass er mich gefunden hatte. Ich liebte es, mit ihm zu spielen, denn das durfte ich noch. Nur Kraulen halt nicht. Aber das fand ich nicht weiter schlimm. Am liebsten spielten wir Reißen am Knochen. Diesen Knochen hatte er schon von Baby an. Diesen Knochen gibt es heute noch. Ein roter großer Stoffknochen. Wenn wir damit spielten und er daran zog, hüpfte er immer wie ein Känguru. Aber am liebsten hatte er seine Bälle. Selbst im Sommer bei 30 Grad kam er mit einem Ball an, damit man ihm diesen schmiss. Er liebte es. Ob am Wasser oder auf der Wiese. Ein Ball musste immer dabei sein. Urlaub ohne Ball? Niemals. Bei jedem Strandurlaub war ein Ball parat. Dann ging ich immer zusammen mit Cooper ins Wasser und schmiss das Bällchen. Er hatte so eine Freude daran. Er liebte den Strand und das Meer. Meine Mutter nannte es immer "Inselkoller". Sobald wir am Strand waren, war er außer Rand und Band. Wasser ging immer. Er ließ alles über sich ergehen. Verkleidungen, Zöpfchen, einfach alles.

Dies waren die schönen Momente in seinem Leben. Aber es gab auch die weniger schönen Momente.

Hunde werden älter. Wenn man Glück hat, werden sie erst mit dem Alter krank. Doch bei Cooper war es leider nicht der Fall. Als ich auf Abschlussfahrt in der 10. Klasse war, bekam Cooper epileptische Anfälle. Meine Eltern wussten natürlich nicht, was es war. Es passierte abends das erste Mal. Er sackte zusammen und fing an zu zucken. Meine Mutter dachte schon, das war es jetzt. Sie machte sich Gedanken, wie sie mir beibringen sollte, dass Cooper nicht mehr ist, wenn ich wiederkomme. Doch er fing sich wieder. Meine Eltern kontaktierten einen Tierarzt, der offen hatte. Dieser war aber anscheinend nicht gewillt, zu helfen. Meine Eltern verzweifelten, denn es blieb nicht bei diesem einen Anfall. Später wurde dann von unserem Tierarzt die Diagnose "Epilepsie" gestellt. Nachdem Cooper nach dieser Diagnose noch weitere Anfälle bekam, wurde er medikamentös behandelt. So fing alles an.

Jeden Tag genau zur gleichen Uhrzeit die Tabletten. Wenn man einmal vergaß sie zu geben, konnte es gut sein, dass er wieder einen Anfall bekam. Als wenn das nicht genug wäre, bekam Cooper dann auch noch Schilddrüsenprobleme. Aber trotz alledem blieb er der gleiche aufgeweckte, manchmal verpeilte Hund, den wir alle lieb hatten.

Mein Patenonkel wurde abgrundtief von ihm geliebt. Sobald er kam, musste er mit Cooper raus in den Garten und Bällchen spielen. Und wenn er das mal nicht tat, stand Cooper demonstrativ vor der Wintergartentür und fing an zu bellen. Denn für ihn war klar, Patenonkel ist da, dann geht es raus.

Selbst Leute, die Hunde nicht mochten, liebten

Cooper. Unser Nachbar hatte es nicht so mit Hunden. Doch Cooper brachte ihn dazu, Hunde zu mögen. Jetzt nicht so wie wir, aber er akzeptierte Hunde. Manchmal durfte Cooper sogar bei ihnen ins Haus rein. Cooper brachte einfach jeden dazu, ihn zu mögen. Er war auch immer und überall dabei. Sogar dann, wenn wir im Garten die WM oder EM geguckt haben. Da bekam er dann immer eine Deutschlandfahne angezogen. Ich sag ja, mit diesem Hund konnte man einfach alles machen. Es gab so viele schöne Momente in Coopers Leben. Es würde eine halbe Ewigkeit dauern, um alles aufzuschreiben.

Cooper wurde älter. Und man merkte es. Er war nicht mehr ganz so aufgeweckt wie am Anfang. Da beschlossen wir, irgendwann einen zweiten Hund zu holen, der Cooper dann fit halten sollte. Aber wie das halt so ist, kam dann alles anders als geplant. Anstatt den zweiten Hund 2012 zu holen, kam dieser schon im August 2011. Mein damaliger Freund machte mit mir Schluss. Und irgendwie kam ich dann wortwörtlich auf den Hund. Ich sah das neue vierbeinige Familienmitglied im Internet und sagte zu meinen Eltern: Den oder keinen. Also eine E-Mail verfasst und an die Pflegestelle geschickt. Und ein paar Tage später stand es dann fest. Der Hund kam zu uns. Noch ein Wischmopp. Sein Name: Boliche. Anfangs waren meine Eltern und mein Bruder nicht so überzeugt, da Boliche ein kleiner Hund ist und kleine Hunde ja "keine" Hunde sind. Vor allem mein Bruder war dagegen. Aber wie das halt so ist, wer am lautesten schreit. Was war? Als wir Boliche abholen fuhren, sprang er als erstes meinen Bruder an als wenn er sagen wollte, ich merke, dass du mich nicht wirklich magst, aber ich überzeuge dich jetzt. Später bekam ich dann immer Bilder geschickt, wie mein Bruder zusammen mit meinem Hund auf der Couch lag. Cooper und Boliche verstanden sich blendend. Cooper lebte nochmal so richtig auf. Er konnte zwar nicht mehr so, wie er wollte, aber tat was er konnte. Boliche machte ihm nochmal so richtig Feuer unter dem Hintern.

Bald aber merkten wir, dass es Cooper nicht nur wegen seines Alters immer schlechter ging. Das Gassigehen fiel ihm immer schwerer und auch das Aufstehen. Also wieder zum Tierarzt. Die Diagnose diesmal: Spondylose. Der Tierarzt erklärte uns, dass es sich für Cooper, wenn er aufstand, immer anfühlte, als wenn kleine Stromschläge durch seinen Körper gehen. Also eine schmerzhafte Angelegenheit. Wir versuchten mit Schmerzmitteln die Schmerzen zumindest ein wenig zu lindern. Aber es wurde mit der Zeit schlimmer. Wir wussten, lange würde es nicht mehr dauern.

Es begann das Jahr 2014. Es kamen Blasenentzündungen dazu. Die bekamen wir aber zum Glück wieder in den Griff. Jedoch kamen immer häufiger Tage, an denen wir dachten, jetzt müssen wir uns verabschieden. Am 2. Juli 2014 kam ich nach einem Ausflug mit meiner Berufsschulklasse nach Hause. Meine Mutter erzählte mir, dass Cooper schon den ganzen Tag an der gleichen Stelle lag und noch nicht mal raus wollte. Er lag an unserem Esstisch im Wintergarten. Ich setzte mich zu ihm und streichelte ihn. Er sah mich an, als wenn er mir sagen würde, ich kann nicht mehr. Es war herzzerreißend. Ich blieb die ganze Zeit bei ihm sitzen. Als mein Vater und mein Bruder kamen, mussten wir ein Krisengespräch führen. Wir wussten, der Tag ist gekommen. Wir entschieden uns, am nächsten Tag den Tierarzt anzurufen. Denn für uns war klar, wenn Cooper eingeschläfert werden sollte, dann nur zuhause bei uns. Ich fragte meinen Hundetrainer vorher, was wir mit Boliche machen sollten. Er riet mir, ihn die Einschläferung nicht mit ansehen zu lassen. Boliche sollte jedoch hinterher noch einmal die Gelegenheit haben, sich von Cooper zu verabschieden.

Der 3. Juli 2014 war gekommen. Ich rief morgens bei der Arbeit an und sagte, dass ich nicht kommen könne. Der Tierarzt konnte uns nicht versprechen, dass er kommen konnte, da er an diesem Tag eine OP hatte. Doch er rief zurück und sagte, dass er gegen 11 Uhr da wäre. Wir blieben alle zuhause. Mein Vater wollte bei Cooper bleiben, wenn der Tierarzt ihn einschläferte. Meine Mutter blieb ebenfalls oben. Mein Bruder und ich gingen mit Boliche nach unten. Ich konnte die Tränen nicht mehr zurückhalten. Ich gab Cooper noch einen letzten Abschiedskuss und ging nach unten. Die Zeit, die wir unten waren, verging wie in Zeitlupe. Sie war quälend lang. Mein Bruder kämpfte mit den Tränen. Als es vorbei war, kam meine Mutter nach unten und holte uns, damit Boliche und wir noch mal Abschied nehmen konnten. Ich brach zusammen, als ich Cooper dort ohne einen Hauch von Leben liegen sah. Wir waren alle am Ende. Doch am meisten traf es meinen Vater. Es war immer sein Hund.

Für ihn war es wohl am schwersten. Wir nahmen uns gegenseitig in den Arm. Ich ging dann nach draußen, um Boliche ein wenig abzulenken. Spielte mit ihm Ball. Vom Garten aus hat man einen guten Blick auf unsere Einfahrt. Und dieses Bild werde ich niemals vergessen, wie der Tierarzt mit einem schwarzen kleinen Sack aus der Tür ging und diesen Sack in sein Auto legte. In diesem kleinen Sack lag unser Cooper. Ich konnte es nicht begreifen. Ich weinte bitterlich. Den ganzen Tag war unser Haus in Schweigen und Weinen gehüllt. Für uns war immer klar, dass Cooper verbrannt werden und immer bei uns sein sollte. Seine Urne kam anderthalb Wochen später bei uns zuhause an. Ich packte sie aus und brach abermals zusammen vor Tränen. Unvorstellbar, dass in so einer kleinen Urne so ein großer stattlicher Hund war.

In unserem Wintergarten ist nun ein kleiner "Schrein" für Cooper aufgebaut. Meine Mutter ließ von einer Frau ein Bild von Cooper malen. Unter diesem Bild stehen seine Urne und eine Kiste, in dem sein gelber Lieblingsball liegt. Ich habe Cooper auf meiner Haut verewigt. Zwei Hundepfoten und das englische Wort "forever" zieren nun meine Beine. Mein Vater ließ sich ein Porträt von Cooper tätowieren. Es war unser erster Hund und er wird immer etwas Besonderes bleiben. Selbst nach zwei Jahren fehlt er immer noch und es kommt mir so vor, als wäre es erst gestern gewesen, dass er gegangen ist. Er ist immer noch präsent. Er wird auch nie vergessen werden, denn die Zeit mit ihm kann man nicht ersetzen bzw. vergessen. Es ist schwer, von einem Tier Abschied zu nehmen, vor allem wenn man selbst die Entscheidung dazu treffen muss. Manchmal frage ich mich, wie es wohl wäre, wenn Cooper noch da wäre. Aber dann kommt mir wieder in den Kopf, dass es besser für ihn ist, da wo er jetzt ist. Jetzt kann er ohne Schmerzen über die Wiese laufen und unendlich lange Ball spielen.

Erlebt und geschrieben von Saskia Poschadel, 23, Notarfachangestellte

## TRÄNEN.

Wir wissen um die Konsequenz, die unser Lebensstil hat. Wir wissen, dass unsere Art uns zu ernähren, unsagbares Leid auslöst. Wir wissen um die unerträglichen Lebensbedingungen der Tiere, die wir essen. Wir wissen, wie kurz und entbehrungsreich solch ein Tierleben ist. Wir wissen um die qualvollen Tötungsvorgänge am Ende eines derartigen Lebens. Wir verdrängen dieses Wissen, können die Bilder dazu kaum ertragen und schauen weg. Wir bleiben stumpf. Unser Wissen erreicht nicht unsere Seele. Wir wollen nicht, dass unser Wissen unsere Seele erreicht. Denn dann würden unsere Seelen schmerzen. Der Schmerz würde unsere Herzen erreichen und wir müssten die ausgelieferten Kreaturen beweinen. Diesen Schmerz wollen wir nicht an uns heranlassen. Wir wollen keine Tränen für das Leid der Anderen spüren. Das Leid und die Qual zu verdrängen, ist einfacher als seine Seele zu öffnen und die Tränen zuzulassen, die uns zum Handeln auffordern würden.

Geschrieben von Robert Langer

## CLYDE.

Clyde ist ein Ragdoll-Kater. Er ist recht groß und hat beigefarbenes, langes Fell. Seine Ohrenspitzen, seine Pfötchen und sein Schwanz sind kakaobraun. Man könnte sagen, er ist ein gerade richtig dicker Kater in seinen besten Jahren. Etwas füllig um die Hüfte, besonders flauschig und mit seinen blauen Augen besonders begehrt bei Lucy unserer Nachbarskatze.

Seit seiner Kastration interessiert er sich allerdings mehr fürs Essen als für Lucys schöne Augen. So kam es auch, dass ich neulich angerufen wurde, weil er bei Lucys Familie in der Katzenklappe feststeckte. Denn er hatte es auf den Inhalt ihres Napfes abgesehen. Und er nutzt zu Hause eigentlich jede Gelegenheit, auch noch die Schale seiner Schwester leer zu fressen, wenn man nicht schnell genug zur Stelle ist.

Weitere Nachteile seiner Körperfülle sind, dass er nicht mehr ganz so elegant über den Gartenzaun kommt und auch der Schwung manchmal nicht reicht, um auf die Fensterbank zu gelangen.

Dennoch ist er gern den ganzen Tag draußen und verteidigt sein Revier. Oft zu unrecht als verzogene Rassekatze bezeichnet, versucht er unaufhaltsam, gegen diesen Ruf anzukämpfen, indem er – sehr zur großen Freude von unserem Nachbarn Herrn Weber – Ratten aus seinen Gemüsebeeten fängt oder ölbeschmiert unter Autos hervorkriecht.

Was er besonders liebt, ist Gebackenes und Überbackenes, was ich etwas ungewöhnlich für eine Katze finde. Da ich aufgrund eines komplizierten Bruches ein paar Wochen im Krankenhaus lag, hatte ich unsere Nachbarin Frau Sommer gebeten, sich um Clyde und seine Schwester Bonny zu kümmern.

Frau Sommer, die mit immer neuen Kosenamen für unseren Kater aufwartete (die Knutschkugel oder Flauschberg) und eigentlich ausschließlich lobender Worte war, sollte eines Tages die dunkle Seite von unserem Kater Clyde kennenlernen.

Im Laufe der Zeit hatte er wohl spitz bekommen, dass der nette neue Mensch, der nun immer das Futter brachte, ganz in der Nähe wohnte. Am Anfang saß er immer nur bei ihr auf der Fensterbank und wollte rein und wir fanden es noch ganz witzig, wenn sie uns das erzählte. Bis wir eines Tages über unsere Katzen-Whatsapp-Gruppe ein Foto bekamen.

Zu sehen war eine Lasagne, die offensichtlich nur zum Abkühlen auf dem Terrassen-Tisch abgestellt worden war. Die Alufolie, die zum Abdecken der Lasagne gedient hatte, war fein säuberlich hochgebogen und die gesamte Oberfläche, auf der sich eigentlich goldbraun gebackener Käse erstrecken sollte, war komplett zerpflückt.

Bei näherem Betrachten konnte man genau die Perforation durch eine sehr kleine Kauleiste erkennen. Das war das erste Mal, dass ich mich für meinen Kater in Grund und Boden schämte.

Frau Sommer hat an diesem Tag kurzfristig Pizza für ihren Besuch bestellt. Vom Kater hingegen gab es lange keine Spur. Aber er sah fast zwei Tage nach dem Fressgelage immer noch recht müde und abgekämpft aus. Jetzt hat er noch einen neuen Kosenamen: kleiner Dieb!

Erlebt und erzählt von Familie Aust

Gerne möchten wir Ihnen, liebe Leserinnen und Leser, auch unser Buch

**MENSCH HUND UND**

ans Herz legen. Warum? Weil das Zusammenleben von Menschen und Hunden von vielen Missverständnissen geprägt ist. Und wenn es hakt, suchen wir gern nach der „einen" Lösung. Der „einen" Lösung, die es jedoch nicht gibt. Denn unsere Hunde sind Persönlichkeiten, fühlende Wesen mit eigenem Charakter. Genau so möchten sie behandelt werden: respektvoll, wertschätzend und ihrem Wesen entsprechend. Wie das funktionieren kann, beschreiben wir in „Mensch Hund und". Hier geht es um Zusammenleben, Kommunikation und Gefühle. Es geht um Missverständnisse, populäre Irrtümer und Anleitung zur erfolgreichen Schulung. Um gute und weniger gute Entscheidungen. Es geht um Bindungsarbeit, Freude und Liebe. Aber es geht eben auch um Fehler, Gewalt, Krankheit und den Sterbeprozess. Und da sich in unserem Leben nicht alles nur um uns und unsere Hunde dreht, gibt es weitere Schauplätze, die wir in unserem Buch betreten. Themen, die uns wichtig sind. Dazu gehören Natur- und Tierrechte, Igelschutz, das Übernehmen von Verantwortung und beherztes Handeln.

**MENSCH HUND UND** wurde vom Verlag Tredition 2016 als Taschenbuch und e-Book verlegt. Es ist online und in allen stationären Buchhandlungen erhältlich.

ISBN Taschenbuch 978-3-7345-2104-1

ISBN e-Book        978-3-7345-2390-8

## UNSER BLOG

Wir freuen uns, wenn Sie uns auf unserem Blog **www.mensch-hund-und.de** besuchen. Dort finden Sie viele Artikel zu Hunden, aber auch zu Umweltthemen und vielem mehr. Zudem kündigen wir hier unsere nächsten Buchprojekte und andere Projekte an.

**Vielen Dank,** dass Sie mit uns durch die Welt der Tiere unserer Autoren gegangen sind – und auch noch ein Stückchen weiter.

Wir wünschen Ihnen und Ihren Lieben eine glückliche Zeit.

Christine Reichmann & Robert Langer

## Webseiten

www.albert-schweitzer-stiftung.de | Tierrechte & Tierschutz

www.ariwa.org | Tierrechte & Tierschutz

www.bund.net | Bund für Umwelt und Naturschutz Deutschland e.V.

www.denia-dogs.de | Tierschutzverein

www.hunde-aus-mallorca.de | Tierschutzverein

www.mensch-hund-und.de | Tier-, Natur- und Menschenrechtsblog

www.peta.de | Tierrechtsorganisation

www.sea-shepherd.de | internationale Meeresschutzorganisation

www.tasso.net | Tierschutzverein & Haustierregister, europaweit

www.veggi.es | veganer Foodblog


## Filme

Food Inc

Los Veganeros I + II

## Schöne vegane Zeit

Bi-Bu, vegan-mobil, Bonn
www.bibu-vegan-mobil.de

Bunte Burger Gourmet Food, Köln
www.bunteburger.de

Café Fatsch, Köln
www.cafe-fatsch.de

Café Hibiskus, Köln
www.cafehibiskus.de

Mei Wok, kreativ & asiatisch, Köln
www.facebook.com/meiwok

Trash Chic, Kneipe & Essen, Köln
www.trash-chic.com

Well Being, vietnamesisch, Köln
www.wellbeing-koeln.de

## Ernährung & veganes Kochen

*„Anständig essen. Ein Selbstversuch."*, Autorin:
Karen Duve

*„Eating animals."*, Autor: Jonathan Safran Foer

*„Food Revolution."*, Autor: John Robbins

*„Meine Rezepte für eine bessere Welt."*, Autorin:
Alicia Silverstone

*„Sophias vegane Welt."*, Autorin: Sophia Hoffmann

**FSC**
www.fsc.org

**MIX**

Papier | Fördert
gute Waldnutzung

**FSC® C083411**

Zeitfracht Medien GmbH
Ferdinand-Jühlke-Straße 7
99095 Erfurt, Deutschland
produktsicherheit@kolibri360.de